気がつけば、終着駅

佐藤愛子

中央公論新社

気がつけば、終着駅

目次

第二部　老いの心境篇

気がつけば、終着駅

前書きのようなもの

この本に収録されているエッセイは、五十年前から今日までに私が『婦人公論』に執筆したものです。ですから読者の中には、新刊だと思って買ったのに、古いものを集めたものなのか、人をバカにして、と怒られる方もおられると思います。私もそう思って出版を辞退しました。

すると当社出版部のお方は、「五十年前ですよ。読んだ人がいたとしても中身は忘れていますよ。亡くなってる人も少くないと思いますがねえ」といい、私は自分の年を改めて思い、過ぎ去った五十年の歳月のあまりの遠さ、あまりの分量に言葉を失ったのでした。私はこの十一月で九十六歳になります。もう新作を書く力はありません。

五十年前、私は来る日も来る日も売れない小説を書いていました。自分の書いたものがどの程度のものかは考えませんでした。考えてもわからないのでした。行く先は「闇」でしたから、書くしかないから書いているだけであまり楽しい日々とはいえませんでした。芥川賞とか直木賞とかは別世界の人のことでした。とにかく商業誌に出たい——思うはそれだけでした。

そんな時に初めて原稿依頼が来たのです。当時、女性誌の先頭を走っていた『婦人公論』からでした。編集長はおそらくこの国では初めての三枝佐枝子という「有名女性編集長」でした。すらりと痩せて見るからに知的で、品格、押し出し、日本女性の先頭を切って生きている、といった貫禄で、三人のお供(?)を引きつれて(私にはそういう感じ)我が家の応接間に入ってこられた時は、緊張のあまり挨拶に答える私の声は裏返ったのでした。

それまで私は小説ばかり書いていて、エッセイというものは書いたことがなかったのです。しかし三枝さんはエッセイを書けといわれる。そういわれたからには、どうして、「書けない」などといえましょう。そうして書いたエッセイが、冒頭の「再婚自由化時代」です。

はじめ私はこのエッセイに「離婚者の胸に勲章を」という題をつけていました。それを三枝さんが「再婚自由化時代」に改題されたのです。不服をいうなど思いもしませんでした（今なら怒って暴れているところですが）。

それを書いたのは一九六三年です。私は三十九歳でした。日本女性はまだ男社会の価値観の中にいて、離婚は「女の恥」とされ、不幸な女性は世間態《てい》のために忍従に耐えていた時代です。原稿が気に入られたのか、それをきっかけに私は『婦人公論』でエッセイを書くようになりました。そしていつか、男社会でヌクヌクと男尊女卑のぬるま湯に浸っていた男たちに刃向う「悪妻の横綱」になって行きました。そして肩書きは「作家」ではなく「男性評論家」ということになっていました。「男性を論評するもの書き」という意味ですね。そして今日に到っています。

それにしてもこの五十年間の日本の変りようはどうでしょう！　国の変化に伴って、日本人、男も女も老人も子供も変貌して来ました。同時にこの佐藤愛子も変化しています。かつては「離婚者の胸に勲章を」といっていた佐藤が今は「えーッ、また……離婚？　いい加減にしなさいよ！」というようになっているこの時代の流れが面白いです。力みながら、やっぱり私も流されて来ています。「生きる」とはそういうことなんです。

二〇一九年秋

佐藤愛子

第一部　波瀾万丈人生篇

再婚自由化時代

最初の結婚に破れた体験

私は再婚者である。

約十四年ほど前に離婚し、それからほぼ七年の後に再婚した。三十二歳の時である。

最初の結婚に破れたとき、私はもう生涯二度と再び自分が結婚生活に入るようなことは絶対にあるまいと固く思い、もうこりごりです、と人にもいった。そんなことを思ったりいったりしたのも、私たちの結婚生活がどんなに悲惨で無意味であったかということと同時に、私自身がいかに結婚生活を営むのに不適当な女であるかということを自覚したためでもあった。私と夫が別れたのは、夫がモルヒネ中毒になったことが表面上の理由となっている。しかし私には、もし夫がモルヒネ中毒にならなかったとしても、何か他に私たちの結婚生活が破壊される原因が出て来たのではないかという気がその頃からしていた。私と歩調を合せて暮して行ける男など、そうザラにはいないということを、今日までの間に何人かの人からもいわれたし、自分でもそう思った。つまり私は結婚生活にこりごりしたと同時に、人と一緒に暮す時の私自身にもこりごりしたのだ。私のような極度に我儘《わがまま》な女は、生涯、孤独に暮すのが一番似合った生き方なのだと思いきめていたのである。

夫と別れた私は、母の許でそのスネを囓《かじ》って生活していた。母のスネといっても、その頃はもう父も死亡していたから、まことにたよりないヒワヒワの痩せスネである。そうして私は小説を書いて、それによって生計を立てることを考えていたのだった。私はそれを少くとも二、三年のうちに実現出来るつもりだった。私の家では父も兄もものを書いて生活していたので、ちょっとした才能さえあれば、文学でごはんを食べることなど簡単に出来ると思っていたのである。しかし、私にはそれまでに何の文学的な経歴もなければ素養もなかった。娘時代から特に本を読むのが好きというわけでもなく、何かを表現せずにはいられないという渇望があったわけでもない。私が文学を志したのは、ほかに何も出来ること、したいと思うことがなかったからなのであった。

娘時代から私は実に驚くべき怠け者であった。高等女学校を卒業しただけでも、もうずいぶん長く勉強したような気がしたものだった。私の娘時代といえば、太平洋戦争の勃発から末期へかけての最も暗澹たる時代に当っているのだが、私は私が怠け者だったことを、この時代のせいにするつもりはない。苦難の時代であればあるほど勇猛心を持つ人もいるし、自由がなければないほど高い理想に向う人もいる。だが私は根っからのぐうたら嬢さんなのだった。こんな時代に上級学校へ行ったって、どうせ兵隊服作りに工場へ行くのがおちだと思い、お茶やお花などの花嫁修業などしている時代ではないと思い、職業につくのはいやだと思い、そうかといって心のうち深く潜めた思索の生活があるわけでもなかった。その頃、私のしたことといえば、配給物の行列に並んだことや、防空演習の梯子《はしご》上り競争で一等になって得意に思ったことぐらいのような気がする。

そんな私だったから、さて自分で自分の生活を立てねばならぬと思ったときは、全く途方に暮れてしまった。

「何も出来ないなら出来ないで、せめて人づきあいがいいとか、おとなしいとか、気がきくとか、我慢強いとかいうことがあれば、また何か商売でもするということもあるけれどねえ」

母と姉がつくづくそういって歎いたことを私は今でも覚えている。結局、私は作家となる努力をやってみるより他に何の途《みち》もないのだった。私にはいささかの文才があるという自負が私を支えたのだ。といってもそれは学校時代の作文や、父へ出した手紙や、兄へ出した手紙などで褒められたという、ただその程度のものであったのだが。私は母の痩せスネを囓り終ってしまわないうちに、何とかならなくてはならなかった。

〈つまずき〉を怖れない

わが国には〈出もどり〉という言葉がある。それから〈嫁《ゆ》きおくれ〉という言葉がある。それからまた〈二度目〉という表現もある。この三つの言葉はそれぞれに、女はかくあるべしという観念から批判的なニュアンスをこめて作られている。その証拠にそれらの言葉を口にする時、人は必ず声を潜めるのだ。

「あの方、二度目ですって……」

「あら、まあ……へえ……そうだったの……」

それからこんな言葉がつけ加えられる。

「でもほかへいわないでね」

「ここだけの話よ」

まるでそれらのことが、その人のどうにもならない人間的な欠陥であるかのように、そういうのだ。

確かに三十娘や離婚や再婚が、その人の人間的な欠陥に原因している場合はあり得るだろう。しかしそれはいわば、駈けるのが下手なので運動会でビリだったり、転んだり、転ばされたりしたことと、本質的には何の変りもないことである。なぜ、女は〈つまずき〉を怖れるのだろう？　なぜそれを取り返しのつかぬこと、と思うのだろう？　なぜ不幸は隠さねばならぬことのように考えねばならないのだろう。

人生のつまずきは、さらに新しい人生へ向う一つの契機にほかならない。それ以外につまずきの持つ意味を考える必要はない筈である。運動会でつまずいて転んだ子供が、起き上って走って行くとき、大人たちは感動して声援の拍手を送る。それなのに女がその人生でつまずいた時は、人々は目を外《そ》らすのだ。なぜだろう？

私が女学生の頃、ふとした事件で数人の生徒が女教師に叱責される事件が起きた。私もその叱責されたグループの一人に加わっていたのだが、われわれはその女教師の叱責を甚だ理不尽なものに思い、日が暮れても学校から帰ろうとせずに、口惜しさのあまり教室の中にかたまって心ゆくまで号泣したのだった。そのとき、声をはり上げて泣いている仲間の一人が、ふと泣き声をやめていった。

「えらそうなことというたって、あの先生、四度目のくせに……」

「四度目？」

私は泣くのを中止して訊いた。

「何が四度目？」

すると彼女は答えた。

「旦那さん、四人目――」

叱られた口惜しさの中で、彼女はその教師についての最高の欠点を探したのだった。わからず屋とか、意地悪ばあさんとかでは、比較にならないほどの最高の悪口が〈四度目〉という言葉だったのだ。結婚を四回もした教師に、生徒を叱る権利があるのか！　彼女はそういっているのだった。結婚を何回もするということはそれほどまでに大きな人間的欠陥であるという通念は、そんな幼い女学生の頭にもしみ込んでいたのである。

わが国には〈ガンバリ〉に対する非常に強い讃美の精神がある。子供を抱えた未亡人が、手内職で一家を支えたという話は、文句なしに人を感激させる。だが子供を捨てて再婚した女は、冷やかな身勝手者として批判され易い。しかしそのどちらが善い悪いということはいえないと同様に、どちらがガンバリの勇気に欠けているかということだっていちがいにはいえないのである。現状を自分の力で壊すということは本当に勇気の要ることなのだ。どんなに苦痛に満ちた生活も、連続している間はまだ耐え易いものである。苦しいながらも惰性が前へと進めてくれるからだ。最も大きな苦痛というものは耐え忍ぶことよりもむしろ〈断ち切る〉ことにあると私は思う。それによって人を傷つけ、また自分も傷つくことの苦痛を踏み越えなければならないからだ。それを踏み越え、そして新しく進んで行く力をふるい起すとき、人は本当にその人生を豊富にすることが出来るのである。

人間の不幸や苦痛の量を比較するのはおかしな話である。しかしわれわれ女は、ややもするとこの比較をしたがるようだ。そうして再婚に踏み切った女は、安易な道を選んだかのように批判され、当事者自身もまるで前科者にでもなったかのように、肩身の狭い思いをしてくどくどと余計な弁明をしたりする。もっと弱い人になると、世間一般のそうした通念に負けて心ならずも無理ながんばりを自分に強いて、いやが上にもみすぼらしくなって行ったりするのは、つまらないことである。

未来への可能性を信じて

私は三十二歳で再婚したとき、主人は二十七歳で初婚だった。しかも主人の方は、一家眷属《けんぞく》、実業畑で堅実極まる生活を営んでいる家だった。それ故世間では、このあまりにもひどいアンバランスに驚いた。ある名流夫人のごときは驚きのあまり、平素のたしなみも忘れはて、履物を一メートルもすっとばして玄関を駈け上り、病気で寝ている御主人の枕許で、

「たいへん、たいへん、大事件、篠原さんの御次男さんが、五つも年上の出もどりさんと……」

と叫びもあえず、水と間違えて御主人のコップの薬を飲んでしまったというこ

とである。

　いうまでもなく私たちの結婚については、色々な障害や不安があった。かねて結婚なんてこりごりと思っていた私であったし、生活の安定よりも文学の方を大切に思うようになっていたからだ。当初の目論見《もくろみ》とちがい、私の小説は何年経っても売れず、たまに認めてくれる雑誌社があると、不思議につぶれてしまうのだった。私は文芸首都という同人雑誌に入り、ある病院に勤めながら小説を書きつづけていたが、その頃がそれまでの私の人生の中で最も絶望的な時代だったと思う。離婚の時には私は、まだ私の未来への可能性を信じていた。だが今の私にはもうどんな可能性も絶えてしまったように感じられた。私は出発点において全く考え違いをしていたのだ。私は文学というものは、才能だけで勝負出来るものだと考えていたのだ。正直いうと、私は自分の才能について疑問を持ったことは一度もなかった。しかし私は私の作家としての〈人間的な資格〉ということについて絶望したのだった。

　その絶望を私に与えた悪魔が、今の夫の篠原（田畑麦彦）だった。彼は幼い時に患った小児麻痺のために左脚が不自由である。そうしてその、どうにもならぬ彼自身の現実の中から、克服を重ねてうち立てて来た精神の強靭さに、人一倍強い自負を持っている男だった。私は彼と文芸首都で知り会ったのである。

その頃彼は毎日新聞の学芸部の記者で、私の家の近くに住んでおられた向井潤吉画伯のところへ毎日、新聞小説の挿絵を取りに通っていたが、ある日、絵の出来上りを待つ間にパチンコ屋で有金残らず使い果して私の家へ帰りのバス代を借りにやって来た。それが私たちの親しくなったはじまりだった。それ以来、彼はパチンコで金を使い果すと、私の家へやって来た。親しさが増すにつれ、次第に図々しくなって、遂にはよからぬ場所へ出没する資金まで借りに来るようになった。私たちはそんな友達づき合いを約五年ほどした後で、結婚をしたのだ。

当時、彼に近よる者はすべて彼の文学の毒気に当てられて書けなくなるという定評があったが、遂に私もその何人目かの犠牲者となってある時期、文学的には全く死んでしまった。

もし私の再婚ということに意味をつけるならば、私はその死から立ち上るために彼の力を必要としたからだ、ということが出来るかもしれない。作家を志したからには、いい作家になりたいという望みをもし私が持っていなかったら、私は果して彼と結婚したかどうかわからない。現実生活における、いわゆる亭主としての彼には、全く私には理解を絶するような面があまりにも多かった。私たち共通の友人は彼のことを「ボンクラ」と呼び、そう呼ばれた彼は平気で「何だ」と返事をするのである。

再婚者に勲章を

女は独身でいるよりは、たとえ失敗しても結婚した方がよい。忍耐だけで成立っている結婚生活をしているよりは、別れた方がよい。別れて一人で無理な頑張りようをしているよりは再婚した方がよい。ものごとに〈こりた〉などという考えはよくない考えである。自分はこうだからダメだときめてしまう考え方も、よくない考えである。私は近頃、そう思うようになった。それはあるいは私自身が再婚したことによって成長した一面といえるかもしれない。再婚をしたからといって、今度失敗したら、もうおしまいだ、などとビクビクする必要は少しもないのである。再婚に失敗すれば三度目をやればよい。三度目に失敗すれば四度目をやればよい。三度目以上の結婚者は胸に勲章をぶら下げることにしてはどうであろう。なぜならばそれは、自分自身の力で積極的に切り開いて行った勇者だからである。

現代は女にとって特に輝かしい新しい時代が来たといわれている。何かというと女は強くなった強くなったと男性からいわれ、おだてられたり、からかわれたり、イヤミをいわれたり、歎かれたりしているようであるが、靴下なんぞに比べられて強くなった強くなったと得意になっていてはならない、と私は思う。われわれ女性はまだ真の意味で男性から独立してはいないのではないだろうか。女性は現実生活の中でやたらに強がっているだけで、まだまだその精神は男に依存しているように思われる。女の離婚や再婚に対して一般女性の考え方が批判的であるのは、男性によりかかった価値基準で結婚ということ、女というもの、を見ているからではないだろうか。

男たちは一度結婚した女を古ものという観念で見る。そして男の目で物ごとを見ることに馴らされた女たちは、自分で自分を古ものだと思って自信をなくすのである。女の離婚者（乃至《ないし》は未亡人）が古ものなら、男のそれも古ものである筈だ。それなのに女の古ものだけが値が下り、男の古ものは下らないのはどういうわけなのか。まるで女というものには若さや新しさ、肉体的な純潔だけにしか値打ちがないみたいに。女は大根やサンマとは違うのである。

私は古ものでありながら、新《さら》ものの男と結婚し、うまいことをした、とよく人からいわれる。だがいったい何がうまいことなのか、私にはさっぱりわからない。うまいことをしたのは、あるいは私より夫の方であるかもしれないとさえ思っているほどである。というのは、一度結婚をした女というものは、未経験者よりも男性に対する認識を深めているということがいえるのだ。

亭主とは夜遅く帰ってくるもの、しかしそうだからといって女房を忘れているわけではないこと、会社と家庭の中間で、自分ひとりの時間を持ちたがっているもの、一見強けれども心弱く、悪がってはいてもおおむね好人物であるなど……

こうした認識を深めている古もの女房は、新女房《さら》よりは遥かに寛大でものわかりがいい筈だ。喧嘩をするにせよ、仲直りをするにせよ、話が早い。（もっとも逆に急所を突き刺すコツなども心得ているから油断がならないという説もあるけれども）。

少くとも再婚者はそれくらいの自信を持って進みたいものである。要するに女は常に女自身で生きることだ。いろんな既成の観念に煩《わずら》わされず、女自身の考えで行為することだ。女はもっと強くならなければならない。しかしそれは男に対してではなく、女自身に対してなのである。

（40歳・一九六三年十二月号）

クサンチッペ党宣言

なぜ私は悪妻であるか

最初に私の例から申しましょう。

私は悪妻です。自分ではそう思っていませんが、ひとがそういうのです。正直のところ、私は今までそんなことを一度も考えたことがありませんでした。自分で自分を良妻と思ったこともありませんし、悪妻であると思ったこともありませんし、だいたい、そんなことを考える必要がなかったのです。

むかしむかし、ギリシャの哲学者ソクラテスの妻、クサンチッペは、伝説的悪妻として名を上げましたが、彼女自身もおそらく自分が悪妻か良妻かなどとは一度だって考えなかったにちがいありません。そんなことは本人でなく、周りの人間が（つまり男どもが）いい出すことであって、女の私たちが真剣に考えたりする必要がないからです。しかし、クサンチッペも私も、悪妻だ、悪妻だ、とひとがいうのですから、やはり悪妻なのでしょう。悪妻ということにして、この話を進めましょう。

では、悪妻とは、いったい何でしょう？

例えば私がたいへん怒りっぽいということ、これが悪妻の条件なのでしょうか？　私はたいへん怒りっぽく、しかも怒り出すとその怒りを完全に発散させてしまわない限り、ほかのことは目に見えず、考えられもしないという困った性質があります。しかし、だからといって、窓口でツンケンした郵便局の女の子や、満員電車の中で新聞をひろげる男や、寄付ばっかり頼みに来る氏神様などに対して、私が腹を立てた分量を投げつけることは、いくらなんでも常識のわくを踏み越えたことと思う理性はいくらかありますので、そんな場合、私はまっしぐらに夫の書斎なり風呂場なり便所なり、とにかく夫のいる場所へ行って、その怒りをぶちまけることにしています。

そのとき夫は、郵便局の女の子になったり、氏神様にならなくてはなりません。私は夫に、彼らの代理人となって、誠心誠意私の詰問に答えてほしいのです。それからまた、いちはやく身を転じて、私と一緒になって腹を立ててほしいのです。つまり好むと好まざるとにかかわらず、夫が二役やってくれることを私は望んでいるわけです。

私の夫は二年ほど前まで、ある映画会社の企画部に籍を置き、かたわら難解きわまる小説を書いておりました。小説を書くために勤務の方は一週間に一日ということにしてもらっておりましたので、たいていいつも家におりました。ところがその後、彼はある会社に毎日勤めるようになりました。一説には、彼は朝から晩まで私の怒りとつきあうことの苦労よりも、会社勤めの方を選んだのだという説があるそうですが、もちろん、それは私たち夫婦の友人の間での風評です。けれども毎日出勤するようになって以来、なにやら夫は顔色がよくなり、気のせいか肥って来たような気もするのです。しかしそうだとすると、それはきっと、規則正しい生活をするようになったためにちがいないと私は思っているのですが。

さて私の怒りは、氏神様や郵便局の女の子ばかりに向けられるのではありません。多くの場合、夫および夫に付随するいろんな現象に向けられます。些細な例ですが、私の夫はとてもひどい不精者なのです。下着でも通勤の服でも、私が出さなければおそらく夏になっても平気で冬服を着て行くでしょう。一番困るのが、頭髪です。彼は自分をフケ性だといいますが、本来フケ性なのではなく、不精だからフケ性になったのにきまっています。とにかく洗髪は一ヵ月に一度、床屋は三ヵ月に一度です。いつもフケ吹雪を肩に散らし、フケに蝕《むしば》まれた前頭部は、鍾乳孔型から次第に湾口型へと後退しはじめてきました。

そこで私は怒らずにはいられません。私はもう何年も前から、こうなることを心配していたのです。そのため私はどんなに忠告をくり返したことでしょう。枕カバーを毎日洗わねばならないこと、おみおつけの中にフケが入ったのではないかという心配、床屋さんが気の毒なこと、せめて一週に一度は頭を洗っていただきたいこと、カミノモトをすりこんでほしいこと、そして今、とうとう私が心配していたような頭に……そうれごらんなさい。何でもわたしのいったとおりになってくるじゃないの。あなたはいつだってそうよ。まるでわざとわたしのいうことを聞くまいとしているみたいに。わたしのいうことといえば何でもバカにして……といった具合です。

怒りというものは、膨らませはじめると、際限もなく膨らむものです。フケ頭について腹を立てているうちに、ふと、フケ頭ふり立ててゴルフなんかしたってはじまらないわよ、という言葉が浮かんで来ます。私はゴルフが大嫌いなのです。するとこ今度はゴルフへの怒りが生まれます。ふだんは十時まで寝ているくせに、ゴルフの時は六時に起きる、ということです。六時なんて、我が家ではまだ夜中です。だいたいゴルフなんて、ジイサマのやるもんよ、と私はいいます。いい若い者（？）が七ツ道具を人にかつがせて、ノソラノソラと歩きまわり、球の場所によってやおら打つ道具をとり変えるなんて、何という間ノビのしたスポーツなんでしょう。運動不足をおそれるのなら、体操をすればいいのです。なにも高いお金をかけてゴルフなんかに行かなくたって、氏神様の境内で走ってればいいのです。年じゅう寄付させられてるんだから、氏神様だって走るぐらいはさせてくれたっていいでしょう……。

ところが夫は、そういう私に対して、まだ一度も怒り返したことがないのです。まるで〈女子と小人は養いがたし〉という顔で、いかなる時にもどこ吹く風と、空を見ています。すると私は、夫が怒らないことで、さらに怒りがたかまってくるのです。私は叫びます。

「なぜ怒らないのよ！　怒りなさい！　イクジナシ！」

しかし夫は平然たるものです。まるで、怒らないことによって、私に勝っていることを示そうとしているかのように、です。

しかし私の怒りについていうのは、もうやめましょう。これについていいはじめると、話が先へ進まなくなるおそれがあるからです。これでどうやら、私は私が悪妻と呼ばれている一大要素らしいものを書きましたが、その上に私は、〈小説を書く女〉という、さらに決定的なものをそなえているようです。

家庭の主婦が何らかの仕事を持つということは、そのことだけですでに悪妻の要素を含んでいるものだと、かねてから私は考えております。ところが、その中

でもこの私は、

「もの書く女だけは、女房にしたくないよな」

と方々の男性が陰口をきいているところの、〈もの書き女房〉なのです。小説を書く女は理窟っぽい、気が強い、常識からハミ出している……それだけならいいのですが、さらに私の場合は小説を書くのが好きで好きでたまらない、という困った傾向があるのです。したがってそのほかのこと、家事、育児は二の次になります。

仕事にかかっているときは、電話が鳴っても出ない。御用聞きが何と叫ぼうとそ知らぬ顔。宵っぱりの朝寝は普通のことで、そういうこととも知らず朝早く訪ねて来る人は、非常識だと悪口をいわれる。我が家の植木屋などは、朝は門から入ることを諦めて梯子を持参し、それによって塀を越えるという方法を考え出したくらいです。

ところで私は正直にいって、そういう状態を格別、改めようなどとは考えていません。これは何ともいたし方のないことでして……と、そう思っているのです。

作家と主婦とを両立させようとすれば、必ずどこかに犠牲の部分が出てくるのは当然のことではないでしょうか。庭は草ボウボウ、棚はホコリだらけ、というわけです。意識してそうしているというわけでもないのですが、いつのまにやらそうなっているのです。そういう状態に耐えられないという、女性らしい感覚がのぞきかけるのを、押しこめてしまう時もあります。それを気にしていると、仕事ができなくなってしまうからです。それほど仕事は大事なのか？　すみません。大事なのです。

悪妻は作られる

さて、悪妻という言葉は、それは男が作り出した言葉である――私はそう思っています。だいたい、この世には悪夫という言葉がないではありませんか。悪妻があるのに悪夫がないというのは、いや、一般に悪妻ばかりが問題になって、悪夫の方は一向に問題にならないのはどういうわけでしょうか？　それは悪妻という言葉が男の側によって、一方的に作られた観念だからだと私は思います。

かつて我が国では、女が男に隷属している長い歴史がありました。その歴史の中で男性は、女について自分勝手な理想像を作り上げました。そして名づけたのが〈良妻〉です。その理想像から少しでもハミ出た女を、男は許すまいとしました。そして悪妻という言葉が作られたのです。

男に隷属していた女は、その理想像に刃向うことはできませんでした。刃向うどころではない、いじらしくも女たちは、その理想像を女性自身の理想像であるかのように思いこんだのです。そうしてそれに自分をはめこもうと努力しました。悪夫という言葉を作ることなど、その頃の女にとっては、おそらく思いも及ばぬことだったのでしょう。いや、あるいは彼女たちにとって、夫が悪夫であることは、しごくありふれた普通の現象だったのかもしれません。彼女たちにとって、もしかしたら、夫とは悪夫の同義語だったのかもしれません。

男性が定義した悪妻の中には、いろいろな種類があります。

ヤキモチ型、愚痴型、浮気型、浪費型、ケチ型、腕力型、ルーズ型、きちょうめん型、おしゃべり型、干渉型、稼ぎすぎ型、ワンマン型……

その種類の豊富なことといったら、まるで最近の電気製品に勝るとも劣らぬくらいです。しかも年々、新型が登場します。あたかも人類の進歩とともに、それは増えつつあるかのような具合ではありませんか。

今日では、いくさに破れた男たちは、平和主義者となりました。それと同時に、いたましいことですが、彼らは女々しくもなりました。ところで女性の方はどうでしょうか？　果して女性の中に、それほど悪妻が増えたのでしょうか？

私はこのことに関しては、男性に責任があるように思います。悪妻の新型を増やしているのは、実に、平和主義者となった男性なのです。かつて、男がまだ力を持っていた頃、女房の尻に敷かれているということは男の恥でした。その頃の男は、決して自分の口からは自分の妻を悪妻である、などとはいわなかったものです。ところが現代はどうでしょう。今の夫どもは、女房の中の〈悪妻〉に耐えていることを、あたかも男のエチケットとすら考えているかのようです。

女房こわい、やりきれない、うるさい、強すぎる……そういって女房を悪妻呼ばわりするのは、今や亭主族の一種の保養手段となっています。ついには自分の

女房ばかりでなく、近所友人の女房の中に悪妻を探し、その数を増やしては、
「や、あそこの女房もそう、こっちの女房もなかなか。かわいそうだなあ、あの男も……」
などと指を折っては慰めを感じているやからなども少くないというのが現状です。

今では夫たちにとって、悪妻という言葉は、失いつつある男性の権威へのノスタルジーと絶望をこめて使われるようになりました。したがってわれわれは、悪妻と呼ばれることに、いささかもヒケ目を感じる必要はありません。われわれは堂々と悪妻の座にいればよいのです。自然のままのわれわれ自身でいればいいのです。

弱さは現代男性の武器

男性的ということは、いったいどんなことだろう？

私はときどき、そう考えることがあります。人によっては、男性的という言葉

に色の黒さを思い浮かべる人もあるでしょうし、力が強いことを連想する人もあるでしょう。野心に漲《みなぎ》っていることだという時もあれば、女に親切なことだという場合もあるでしょう。

しかし、真の男性的ということは、現実の中で〈どちらでもよい部分〉という部分を豊富に持っていることではないか、と私は思います。手っとり早くいえば、靴下に穴のあいてることなんかどうだってよい、という精神です。〈俺には夢がある〉という精神です。

かつて空に青空があり、大地は木々のみどりにあふれていた頃、男性はすべてその夢に向って飛翔していました。男の本質は、現実から飛び立って、真実に向って進もうとすることでした。この真実に向って進むということが大切なことで、靴下に穴があいていたり、毎日のおかずが塩ダラばっかりだったり、貧乏だったり、ひとからダメなやつと思われたりすることは、その夢の前では実にとるに足りぬちっぽけなことにすぎませんでした。したがってかつては、男の女との本質的な隔絶は、男がロマンチストであり、女がリアリストであるという点にあったのです。そして女が男を理解できないで、悪妻と呼ばれなければならなかったのも、その本質的な隔絶ゆえにほかなりませんでした。

ところが現代、男は次第にその本質を失いつつあります。男は女のナワバリである現実主義に割りこんで来ています。

「だってこうしなくちゃ、金にならんものね」

「こうしなくちゃ、出世しないものね」

「仕方ないさ。それが世の中だよ」

「個人の力なんてキミ、微々たるもんだよ」

「ムダだよ、ムダ、どうせムダ」

何かといえば、すぐに彼らはこういいます。それではまるで、彼らが〈やりきれない〉と嘲《あざわら》うところの〈ミミッチイ女房連〉が、魚屋の前に一時間も立ちつくしたあげくに、財布の中身と相談しながら、一皿二十円の鰯《いわし》を買うのと、まったく変わりはありません。ところが彼らは、まだそれに気づいていないのではないでしょうか？「オレは社会で働き、疲れはて、憩いを求めて帰ってくる」と男たちはいいます。「すると家では女房が待ちかまえていて、やれ今日の鰯は安かった、カツオを買いたかったんだけれども、とても高くて手が出なかった。うちの収入では、とてもシュンのカツオなんか、一生食べられそうもないわ、などとつまらん会話をはじめる。ああ、やりきれない、つまらない」と。

そういえば愚痴は昔は女のものであったはずですのに、いつのまにやら男は現実主義のナワバリに割りこんで来たばかりか、愚痴の専売まで侵害しようとしているかのようです。「男は疲れている」と彼らはいいます。疲れていることを、まるで自慢するみたいに。そうしてそのあとは、社会のせい、政治のせい、文明のせい、そして女のせい、です。かつて女がその弱さを武器にしたように、今は男が弱さを武器にしています。

「このままではおそらく、男はもっともっと弱くなるでしょうなあ。五年先、いや十年先はどうなっているか」

私は日本の将来を背負うべき、いい若い者が、したり顔にそういうのを聞いて、呆れかえってしまいました。彼らにとっては今は、自分自身の問題さえも、ヒトゴトになっているのでしょうか？　五年先はどうなっているか、なんて、放蕩《ほうとう》息子のために破産しかけている金持ちの家の、財産を調べているのとはちがうのです。

ソクラテスは知っている

ソクラテスについて、こんな話があります。

あるとき、ソクラテスが相撲場から門弟を連れて帰って来ましたところ、クサンチッペの機嫌がたいへん悪く、いろいろと小言をあびせかけたあげくに、食卓をひっくり返してしまいました。そこでその門弟が腹を立てて出て行こうとしましたら、ソクラテスがこれを引き止めていいました。

「君の家でも昨日、烏《からす》が飛びこんで来てこれと同じようなことをしたが、ぼくらは別に腹も立てなかったねえ」

またこういう話もあります。ソクラテスがクサンチッペに蹴とばされても、決して怒らないで我慢しているので、ひとが呆れて聞きますと、ソクラテスはこう答えました。

「ロバに蹴とばされたからといって、裁判沙汰にするだろうか！」

聞くところによると、ソクラテスは一生涯、金儲けなどということを念頭に置かずに過したということです。自分が死んだあと、残された家族はどうなるかということなど、全く心配していませんでした。彼は自分の仕事を厳格に追究し、職業化することを頑強に否定したといいますから、おそらく貧困のうちに死んだのでしょう。彼はたえず何か考えこんでいて、朝からひと所に立ちつくし、正午になったのにも気がつかず、やがて正午が夕方になり、町の人々がそれに気がついて、藁布団などを運び出して、いったい彼はいつまで立っているか、などと見物するようになる。そして夜が来、さらに朝が来、太陽が上りはじめると、彼はおもむろに太陽に祈りを捧げて立ち去るのです。

ふつう私たちは、良き夫、悪い妻という場合に、何か常識的な意味での家庭という観念にとらわれすぎているのではないでしょうか。しかし良い家庭というのは、一つだけではありません。一組の夫婦というものは、世間一般に考えられている典型的な家庭生活の幸福という問題よりも先に、まず何よりも二人の人間関係から始まるのです。私たちにとって大切なことは、この二人の人間関係から、真に意味のある家庭生活というものを産み出して行くことだと私は考えます。それはそれぞれに千差万容のものであり、それゆえにまたそれぞれに真実のものであるのでしょう。

大事なことは私たちが良妻になろうと心がけることよりも、まず女性自身による私たち自身の理想像を築くということではないでしょうか。そういう風に考えるならば、夫と妻には本質的には悪妻も悪夫もないといえます。男というものはどうしても社会にかかわり、妻は家庭にかかわって生きているものです。その限りにおいて、夫は妻にとって家庭の非協力者となったり、妻は夫にとって無理解者となったりする場合が生じてくるのは、ある意味で当然のことなのではないでしょうか。

クサンチッペが悪妻であるとすれば、ソクラテスはまちがいなく悪夫です。おそらくクサンチッペは、家庭を愛し秩序あるそれを築こうとした情熱的な主婦だったにちがいありません。夫にあたたかい料理を食べさせようと一生懸命になり、それゆえいつまで待っても帰って来ない夫に腹を立てずにはいられなかったのです。

しかしソクラテスは、クサンチッペのことを、自分の口から悪妻だなどとは決していっておりません。クサンチッペを非難しているのは、彼の友人や門弟どもなのです。あるいはソクラテスは、わめき騒ぐクサンチッペの正当性を理解していたのではないでしょうか。妻がわめくことなど〈どちらでもよかった〉のではないでしょうか。

玄関の敷石に坐っていつまでも思索にふけっているソクラテスの頭に、クサンチッペが雑巾バケツの水をぶっかけたとき、

「ああ、夕立がやって来た」

といって飄然《ひょうぜん》と出かけて行ったという、ソクラテスとクサンチッペの二人の夫婦関係は、それぞれ、まことに自然な夫婦像であるというべきではないでしょうか。

（39歳・一九六三年八月号）

三人目の夫を求めます

最初の夫は麻薬中毒になって……

私の幼年期は羞《はず》かしがりやの引っ込み思案の臆病者であった。私には四歳上の姉がいたが、私はいつもその姉の後ろからチョコチョコとついて歩いては、人から話しかけられるとうつむいて涙ぐみ、姉が私の代りに返答をするという風であった。

私は父に甘やかされて育てられた。ちょっと姿が見えないといっては大騒ぎされ、鋏《はさみ》を持っているといっては、父は今にも大怪我でもしそうに叫び立てた。私にはいつも乳母か小さい女中かがついており、小さい女中は私が内ベンケイの外スボミであることを知っていて、外へ出ると私を虐《いじ》めるのであった。

五歳ぐらいの時から私は死というものに怯えていた。自分が死ぬのが怖いのではなく、私を守ってくれる父母が死ぬのが怖かったのだ。一人でこの世を生きて行かねばならぬ時のことを思うと、本当にあたりが暗くなった。それで私は神社の前を通るときは立ち止ってお辞儀をし、父母の長命を祈ったのである。

私の最初の結婚は二十歳になったばかりの冬だった。大東亜戦争が始まって、緒戦の勝ちいくさが次第におかしな雲行きとなり、負けいくさの不安と日常生活の不自由が始まりかけた頃である。私がそんなに早く結婚したのは一口にいって「そういう時代だったから」ということになる。女は嫁に行って夫に養ってもらう以外に生きる道が開かれていなかった。生きる道を開こうにも、周囲がそれを許さなかった。女は全く無力な状態に置かれることによって、（男に庇護されるほかないので）従順にならざるを得なかったのだ。

何の不思議も不満も感じずに私は見合結婚をした。それが凡俗の女の歩む道だったからである。結婚は就職と同じように考えられた。だから〝大会社〟がよかった。私は苦労や貧乏や波瀾を好まなかった。出来るだけ私が育った環境と似たすべてに豊かな環境を、と父母は私のために願った。なぜなら私は我儘者でおきゃんなくせに本当は気が弱く、行動力のない甘ったれであったからだ。

負けいくさの中での私の生活は、比較的恵まれたものであったといえる。夫は航空基地設営隊の主計として各地を転々としていた。私はそれについて歩いたり、あるいは夫の両親のもとで暮したり、子供を産むために私の里へ行ったりした。私は夫の両親や里の両親に守られ、大事にされた。着るものや食べるものの不自由も、当時としてはそれほどした方ではない。戦争が終ったとき、夫は内地にいるにも拘らずなかなか帰って来なかった。やっと帰って来たとき、彼は麻薬中毒患者となっていたのだ。

私の人生は本当の意味でそこから始まったといえる。それまでの私はただ、ついでに生きている、といったような生き方だった。夫の麻薬中毒に私は約五年つき合った。そうしてこれはもう直らぬと思い決めた時、私は男に頼って生きる人生は二度と歩むまいと決心した。私は二人の子供を老父母に預けて夫の家を出、小説を書くことを自分の一生のよすがとして生きようと決意した。

臆病で行動力のない私にしては向う見ずなことを考えたものだったと思う。私には特に文学的素養もなければ、文学好きだったという過去もない。ほかに出来ることが何もなかったから小説を書こうと思った。たまたま私の父が大衆作家であったからということ以外には何ら特別の理由はない。しかし私は何ら遅疑することなくその道を進んだ。その時、私を押し進めた力、それは「こうしていては滅びる」というその切羽《せっぱ》詰った危機感だったと思う。

火事や洪水が迫ったとき、人には平素は出ぬ力が出て、女ひとり簞笥《たんす》を担いだなどという話をよく聞くが、その時私を押し進めた力はそのようなものであったろう。平和な時、人はまず可能か不可能かを考えてものごとを行なう。しかし危機に臨んでは可能であるか不可能であるかなど考えている間がない。不可能であるとしてもやらなければならぬ。力はその時に出るものなのだ。

第二の夫は破産して……

もう二度と再び結婚などするまいと決心していた私は、それから約五年の後に二度目の夫と結婚した。私は病院に勤めながら売れぬ小説を書いていたが、結婚をしたのは生活のためではない。私の文学にとってTというその男が必要であると感じたからだった。彼もまた売れぬ小説を書いてる男だった。はじめ、私は、結婚という面倒くさい手つづきは取らずに、愛情と信頼だけで結ばれた関係を作ろうとした。しかし結局、結婚という形を取ったのは、子供が生れたからでもあるし、また、結婚という形を取ることの方が、お互いを理解する上に望ましいと思ったからである。

約十五年の結婚生活は、夫婦喧嘩に明け喧嘩に暮れるという月日だった。喧嘩を重ねることによって私は随分沢山のものをTから吸収したということが出来る。仕事を持っている男女の場合、別居結婚という形が、合理的だというような意見を聞くことがあるが、私は（私の気質は）人間にとって結婚生活の中の耐え難い煩わしさは必要なものなのだという風に考えている。口にするもバカバカしいようないい争いや煩わしさの中でドタバタしながら人間というものは鍛えられ、理解力を深め、幅を広げて行くものなのだ。

私は一風変った男、人生のモノサシが常識から外れているこの夫の不可解さを解ろうとして、日夜、彼と取り組んだ。取り組んだことによって私はそれまで自分になかったものを少しずつ取り込み蓄えて行ったように思う。その蓄えが意外に大きなものであったことがわかったのは、結婚十二年目にやって来たTの破産だった。何分にも人生のモノサシの寸法が違っている男の破産であるから、世の中の破産の中でも常識を越えたムチャクチャの破産である。その結果、私は数千万円の借金を背負ってTと離婚した。

離婚するのは自分の身を守るためではなかったのか。それなのになぜ借金を背負ったのか、と人によく聞かれるが、それについて相手を納得させるような説明をすることが私には出来ない。

「何というか……やらねばならぬと自分に命じる力が働いて……」

と神がかりのようなことをいうしかない。だが考えてみると、これも迫り来る火の手を見て思わず簞笥を担いだというあの力に押し進められた結果なのだ。最初の結婚を壊す時に湧いて来た力の何倍もの力が私を押し進めた。といっても私は平素から力モチの方ではなかった。私はもう臆病者ではなくなっていたが、怠け者のノラクラだった。夫の財産が私にそれを許していたのだ。

しかし事態は一変し、われわれは無一文になり借金背負ってほうり出された。親戚友人、誰も助けてくれる者はいない。いや、助けてくれという前にすでにもう、あちこち迷惑をかけている。私が借金を背負わねば事態の収拾がつかなかったのである。

私は強い女だとよくいわれる。しかし本当に私を知っている昔からの親友の何人かは、私が弱い女だったこと、今もまだその弱さのシッポを残していることを知っている。私は「強い女」ではなく、「強くなった」女なのだ。私は火の手に迫られて箪笥を担いでいるうちに、腕の力が強くなって力モチになった。二度の結婚の不幸が私を鍛え、私の中に潜在していたものを引き出してくれた。私はそう思う。その意味で私は二度の結婚を後悔したことは一度もないのである。

不撓不屈の夫がほしい

Tと別れて間もなく、私は遠藤周作氏と電話でこんな話をした。

「あなたも亭主運の悪い女やなあ、もう二度と結婚するなよ」

「いンや、する」

と私はいった。

「するう？　やめとけやめとけ、ロクなことないからやめとけ」

「いや、する。三人目探してよ。三十五から四十くらいまでの……」

「なにいうとる。コブつきの借金背負った四十八の女、誰が貰うねン。貰うやついたら面《つら》が見たい」

「何をいうか。するというたらするぞ！」

と叫んで私は電話を切った。

世の中には結婚に失敗すると、もうコリゴリ、二度と結婚はしない、という人がいる。私も最初の時はそうであった。ところが二度目の失敗からは考えが変った。一度、二度と経験したことによって、私は自信が出来た。二度と失敗せぬという自信ではない。失敗しても平気、という自信である。人は沢山の可能性を潜めて生きているものなのだ。その可能性がチャンスを得れば芽を出し木となり葉を茂らせるが、チャンスが来なければそのまま埋もれて終ってしまう。私は二度の結婚によって、埋もれていたものを幾つか発掘することが出来たと思う。

私は最初に書いた。私は我儘で行動力のない臆病者であった、と。もし私が平穏無事の結婚生活に恵まれていたなら、私は我儘で行動力のない臆病な人間として一生を終えることになったであろう。それはあるいは世間一般の人の目から見れば平和で幸福な人生ということになったかもしれないが、今の私にはそれが幸福な人生であると一口にいい切れぬものがある。私は波瀾を経験することによって、女の人生の面白さを味わうことが出来た。怒りや歎きや苦しさが、私の中に埋もれていたものを掘り出してくれた。私の中にはまだ、埋蔵されているものがあるのではないか？　私はそう思う。私は自分の中に潜在しているものをもっと知りたい。もっと掘り出したい。そのために私は三度目の結婚をあえて望むのである。

ひとりでいるのが気楽でいい、という人がいる。しかし気楽な人生というものは面白みのない人生だと私は考える。

何を好んでこの年になって、今更結婚して男の機嫌をとらねばならんのか、という人がよくいる。しかし私は男の機嫌をとって養ってもらうために結婚するのではない。私は私の人生をより面白くするために結婚するのだ。私の女としての幅を、三人目の夫との生活によって、よりひろげるために結婚したい。出来れば三人目の夫の子供を産んでさらに奮闘したい。

あなたもよく頑張って疲れたでしょう、いい人がいたら結婚して、安らかになりなさい、という人もいる。

いちいち口返答をするようで恐縮だが、私は結婚を安息の場などとは考えていない。私がもし三度目の結婚をするとしたら、今までの結婚よりももっと大きな困難が控えているであろうことを私は知っている。沢山生きるということは、柔軟性を失って固まって行くことだ。四十八になった私はその固まりを解きほごすために結婚したい。心の柔軟性を保つために結婚したい。そのためには私の夫となる人はまた、不撓《ふとう》不屈《ふくつ》の戦闘力を持つ人でなければならぬ。私は新たな力をもって夫婦喧嘩にいそしむであろう。どなり暴れ泣きわめくであろう。そうして自分の力をフルに掘り起し、フルに使い、使い果して死にたい。その前に三度目の夫と別れるようなことがあれば、さらに四度目の夫を求めるであろう。しかしこの世には、果してそのように勇敢な男性がいるか、それが問題であることは、私といえどもわかってはいる。

（47歳・一九七一年七月号）

おもろうて、やがて悲しき　――追悼　遠藤周作

笑うのが好き

遠藤周作さんは人を笑わせるのが好きな人だったが、笑う方はもっと好きだった。彼のいたずら電話は有名だが、見物人がいるわけではないから、笑うのは彼一人である。いたずらされた方は笑うとしても苦笑程度で、

「困った人ねぇ……」

くらいですんでしまう。欺されておいて腹を抱えて大笑いする人はまずいない。遠藤さん一人が大笑いして喜んでいるだけだ。中には怒る人もいるが、遠藤さんは「怒りよった……」とそれも面白がった。

ある日、私が机に向っていると傍の電話が鳴った。

「もしもし、佐藤さんでシか。佐藤愛子さんおられるでしょうか」

というダミ声は東北訛《なまり》である。

「はい、佐藤愛子は私ですが」

「あ、そうでシか、そうでシか。あの、いきなりでナンですけど、ひとつわたしと結婚してもらえんでしょうか」

丁度その頃、私はある雑誌に「三人目の夫求めます」というふざけた文章を書いて、それが出たばかりだったので、それを読んだ人からだとすぐに思った。彼は自分は妻を亡くし、子供が五人いる。それでもよかったら結婚してほしいといったのだった。

「けったいな男やなあ」と思いつつ私はいった。

「では、履歴書を送って下さい」

といったのだった。

「履歴書ね。ハイ、わかりました。履歴書は毛筆でシか、ペンでシか?――」

「どちらでも結構です」

電話を切り、おかしな親父もいるものだと思いながら、原稿のつづきに取りかかった。と、間もなくまた、電話が鳴った。

「オレや、遠藤や」

「あ、遠藤さん。こんにちは」

「ちょっと前に君のとこへ電話かからなんだか？」

「ああ、かかったわ。けったいなおっさんから」

「あれ、オレや」

「えっ？」

「オレや……、オレ……」

「なにィ……」

私は絶句し、遠藤さんはこれ以上ないという嬉しがりようだった。

「しかし君はよう、コロコロと欺されるなァ」

と遠藤さんはいった。

「何べん欺されても懲りるということがないなぁ……」

と殆ど感心していた。欺しているのは自分なのに。

「欺される奴はそりゃなんぼでもいるよ。けど『履歴書送って下さい』とはなあ。そこまでいう奴はおらんで……」

「けど、わたしだって本気でいうたんやないですよ」

「わかってる。好奇心やろ」

「その通り」

「そこが君のおもろいとこや」

と遠藤さんはいった。遠藤さんは女流作家のSさんに、東北から家出してきた女の子だといって電話をかけたことがある。

「今、上野駅からかけてるんですけど、行く先がないので置いてくれませんか、というたら、ケンもホロロに断りよった」

と怒っていた。だがそれが常識であって怒る筋合はないのである。だが遠藤さんはその返事では笑うに笑えないのが不服だったのだ。しかしSさんも電話の主を遠藤さんだとは気づかずに、本当に東北の家出娘だと思ったらしい。遠藤さんは実に七色の声を出す人だった。

「その点、君はええ。意表を突いてくれる」

といった。べつに意表を突こうとしているわけではないが、そうなってしまうのだというと、「そこがエエのんや」といった。

遠藤さんが喜んで笑うと私も何だか愉快になってきて、欺されたウラミを忘れて一緒になって笑ってしまう。

私はすぐに憤激する人間で、「君のエッセイ読んでると、憤激とか憤怒とか激昂とか、カッとなったとか、勘定したら一つのエッセイに五つくらいは必ず出てくるな」とよくいわれた。

「君が怒るのは勝手やが、シャモが喧嘩して砂蹴散らすみたいにオレに砂かけるのやめてくれよ」

私が怒っている時の遠藤さんのあしらい方は軽妙で、いつも私は笑い出して怒りは消えた。

ゆうべのおかず

「ところで君とこのゆうべのおかず、何やった？」

といきなりいう。

「ゆうべはね、うちはスキヤキですよ。スキヤキというてもね、百グラム千八百円の松阪肉よ。それを五百グラム買うてきてタラフク食べましたよ。娘と二人暮らしでなんと五百グラムですよ……」

遠藤さんの声を聞くと私は反射的にホラを吹く癖がついているのだ。

「それにね、玉子かてね、一人一個ずつやないですよ。二個ずつよ……」

遠藤さんは爆笑し、

「玉子二個ずつか……。君のホラ話はホラともいえんホラやなァ」

といって喜んだ。

「ほんまに君はオモロイ女や」

そういわれると私はまるで他人のことのように、「ほんまに私はオモロイ女やなァ」と思って、何だか愉快になってくる。

私は年中喧嘩をしたり、欺されたり、損をしたりしている人間だが、その度に遠藤さんは、そういう時はオレに相談せえ、なんで相談せんのや、とくり返しいってくれた。だが因果な性格の私は相談する前にことをやらかしてしまっては失敗し、遠藤さんにはその失敗を訴えるだけだった。遠藤さんはその度に、

「なにやっとんのや、君は……」

とダミ声で叫び（彼は嬉しい時はダミ声になる）その失敗の愚かさを笑い話にしてしまう。そしてそれによって私は笑って元気をとり戻し、やっぱり同じ失敗をくり返した。

「一生に一度のお願いや」

ある時、遠藤さんは二ヵ所からの講演依頼を、それが同じ日であることを忘れて引き受けてしまい、私の所へ珍しく沈痛な声で電話をかけてきた。

「頼む。一生に一度のお願いや。電話で見えんやろうけど、畳に頭すりつけてお

願いしてるんや……」

講演の一つは函館でもう一つは名古屋である。私は仕方ない、そんなら名古屋へ行くわといった。

「そうか、引き受けてくれるか。有難い」

遠藤さんは神妙にいったが、そのうちだんだんいつもの調子に戻った。

「ええか、サト君。オレは脚折って動けんと先方にいうてあるんやからな。そのつもりでいてくれよ。間違うても遠藤さんは今頃、函館で……なんていうなよ。危ないなあ、君は……大丈夫かいな」

念を押されて私は名古屋へ行った。遠藤先生のおみ足はいかがでしょう、と主催者にいわれ、嘘の下手な私は、とり繕《つくろ》うのにしどろもどろだった。

その頃遠藤さんは函館でどうしていたか。

彼は主催者の出迎えの御人に何とボケ老人の真似をし、それがあまりに真に迫っているので主催者側はたいへん心配した。あまり心配するので実はあれはウソでして、と白状し、真面目な御人たちを真面目に怒らせていたのだ。

「それがなあ、あいつら、ホンキで怒っとんのや」

とまるで怒る方が悪い、といったいい方だった。

遠藤さんのスピーチ

六年前、私の娘の結婚が決まり、その披露宴での祝辞を私は遠藤さんに頼んだ。

「よっしゃ、してやるよ」

と遠藤さんは引き受けてくれたが、

「スピーチに松、竹、梅と三段階ありますがね？　どれにしますか？」

と早速ふざけた。

結婚披露宴というのは総じて退屈なもので、その退屈の原因は来賓のスピーチにあると私はかねがね思っていた。

娘の嫁ぎ先は実業畑の真面目で常識的な人たちが揃っているから、祝辞は自然真面目でしかも長々しいものになった。宴席に料理が運ばれ、それを食べながらスピーチを聞くのであるから、あまり長いと皿の音やら私語やらでザワザワしてくる。

そこで私は末席からメインテーブルの遠藤さんにメッセージを送った。

――つまらんから面白うしてちょうだい。

すると遠藤さんから返事がきた。

「ナンボ出す？」

そのうち遠藤さんの祝辞の番がきて、遠藤さんはマイクの前に立った。そしていきなり大声で叫んだ。

「みんな、メシを食ってはいかん！」

一座はびっくりしてシーンとなる。その途端に傍らのテーブルから北杜夫さんがいった。

「酒は？」

「酒は飲んでよろしい……」

わーっと笑い声が上がって私は嬉しくなった。

「小説を書く人間はみな、おかしな人であります」

遠藤さんのスピーチはそんなふうに始まった。

「ここにいる北杜夫もおかしいし、河野多恵子さんも中山あい子さんもみなおかしい。その中でも一番おかしいのは今日の花嫁の母、佐藤愛子さんであります。杉山さん（婿さんの姓）。これからこの人をお母さんと呼ぶのは大変ですぞ」

人が笑う。しかし遠藤さんはニコリともせずにつづけた。

「私は昔、中学生であった頃、電車でよく会う女学生であった佐藤愛子に憧れ、何とかして彼女の関心を惹こうとして、電車の吊り革にぶら下がって猿の真似をしました。そうしてバカにされたのであります……」

例によって例のごときデタラメである。

「今思うと私は何というオロカ者であったか、あんな猿の真似をしたりしなければ、今日はこの披露宴の父親の席に坐っていたと思いますが……」

爆笑の中で遠藤さんはいった。

「最後に私から花婿にお願いがあります。どうか佐藤愛子さんを、この厄介な人をよろしくお頼みします……」

普通ならばこういう時は「愛子さんの大事な一人娘をよろしく」というところだ。おふくろをよろしく、というのは聞いたことがない。私はジーンときた。遠藤さんはやっぱり私のことを心配してくれていたのだ。それがはっきりわかった。だがその後、遠藤さんは手洗いに立ち、末席の私の傍らを通りながら、

「おい、七千円やぞ、七千円……」

といって出ていった。ジーンときていた私は忽《たちま》ち我に返って、

「七千円は高い……」

と早速いい返したのであった。

遠藤さんは驚くほど沢山の友達を持っている人だった。文学関係、出版関係、宗教関係、医療界、音楽界、実業界。その多くの友人の中で私は遠藤さんには何の役にも立たない、端っこの友人に過ぎなかった。あえていうならば私は遠藤さんの「気晴らしの友」「珍奇な友」だった。

遠藤さんが亡くなった後、私は色んな人から慰めの便りや電話を貰った。その度に私はいった。

「ふざけているだけの相手のようだったけれど、私は頼りにしていました。がっかりしました……」

だがこの「頼り」というのは相談に乗ってもらったり、激励してもらうことではなかった。私の失敗を大笑いしてもらうことだった。これからはどんな失敗も、もう一人で背負うしかない。

「遠藤さん、いろいろ有難う」というよりも、

「遠藤さん、どうしてくれる……困るやないの……」

としか私にはいえない。

（73歳・一九九六年十二月号）

子供

私の夫は毎日、たいてい夜中の十二時過ぎに帰宅する。何をしているのか知らないが、時には三時四時に及ぶこともある。午前四時に帰って来ると、翌日、会社へ出かけるまでにわずか三、四時間の時間しかない。だがそのわずかな時間のために、あのズボラな男が高いタクシー代を払って帰ってくる——、ときどき私はそのことにあるふしぎを感じることがある。

だが考えてみれば、いや、ことさらに考えなくとも、夫が家に帰ってくるということは、ふしぎでもなんでもない。当り前のことにちがいない。彼はここを〈我が家〉だと思っているから帰ってくるのだ。義務感からでも責任感からでも妻に叱られるのがこわいからでもない。そこが妻や子供や寝床や食卓をひっくるめた〈我が家〉であるから帰ってくるのだろう。帰ってくるのが当り前のことだから帰ってくるのだろう。

結婚して少なくとも十年を経た妻のほとんどは、夫が外出先から自分のもと——つまり妻××子という一人の女としての自分のもと——に帰ってくるのではなく、〈我が家〉という観念の中に帰ってくるのだということを、いつからとはなしに漠然と承知しているもののようである。そしてそれと同時に彼女たちはいつか、夫に向って一人の女として対することをやめ、〈我が家〉を構成する一分子となって行くことによって、次第に安定を得ていくのだということが出来ると思う。

私の学校友達で、結婚二十年、三人の子供を生み、長男を高校に、次男と末娘を中学校に通わせている人がいるが、その人があるときこんなことをいった。

「子供が修学旅行に行ったりして三人ともいないときなんか、主人と二人でいると話すことがなくて困るのよ、マがもてなくて……」

「話すことが何もないって、それ、どういうこと！」

と、結婚したばかりの若いインテリ夫人がそれを聞いて憤然としていったけれども、彼女がいかに憤慨をしても、この夫婦の安定は少しもゆるがないのである。子供の進学についての相談とか、子供部屋の増築とか、あるいは子供のために保険に加入するなどということが、もうお互いの中に未知の部分の乏しくなってしまった夫婦の間では、愛情と信頼との交流を産んで行くのである。

世の中には〈子はかすがい〉という言葉がある。子供への愛情が、ヒビの入った夫婦をつなぎ止めるという場合によく使われる言葉である。しかし、私はこの言葉が好きでない。子供が親に対して持っている力は、決して両端の曲った大釘のちからではないはずだ。子供というものは、そんな風に愛すべきではないし、夫婦の間をそんな風に保とうとすべきではないと思う。

子供は、人間が作った唯一つの自然である。それは一本の木、一輪の花が、光を受け風にそよぎ雨に打たれているように存在しているものだ。親と子供の関係の一番大きな価値はその自然さにあると私は思う。それをおとなの歪んだ社会と結びつけて愛するのは間違ってはしないだろうか。

私は子供というものを、伸縮するゴムか必要に応じて膨張する何かの溶液のようなものだと思う。夫婦がまだ若い間――お互いを男として女として求め合っている間は、子供は密着した両親の間の狭くるしい空隙に小さくはさまっているが、そのうちに歳月とともにその空隙がひろがっていくと、それにつれて伸びひろがり、必要に応じて間隙を埋めていく。

私の友人にいわせると、私たち夫婦ほど子供に対して無関心に見える親はないそうである。だいたい、母親というものは、口を開けば子供のことをしゃべり出すものときまっているのに、私が子供を話題にしているのを一度も見たことがない、と彼女はいう。そこへもってきて、父親の帰宅がいつも遅い。彼女は長尻でいつも私の家へくると夜中の十二時近くまでいるが、一度も旦那さんと会ったことがないわという。深夜に帰宅する夫と朝早く学校へ行く子供とは常にすれちがい親子なのである。子供は父親の不在に馴れているし、子供の病気も入学も誕生日も、たいてい父親の知らないうちにすんでしまっている。我が家の夫は、いうならば〈気らくな下宿人〉のような感じで存在しているのである。

だが、それでも子供は朝目が覚めると、隣の寝床を見て、父親の姿がないと、

「パパは？」と訊く。

「パパは今日はいないわ」

というと「ふん」といって学校へ行く。日曜日といっても子供と一緒にいることの方が少ない夫だが子供の声がしないと、

「あの子はどうした」

ときまっていう。といっても、ただ訊くだけで、わざわざ呼んで遊んでやるというわけでもない。

家庭というものは、人間の持っている唯一の自然な場所である。一見、不自然に見えるようなことでも、それぞれの家庭での自然な交流というものがある。べつに子供の日だから、母の日だからなどといってさわぐ必要もない。十年選手の夫婦たちが子供を媒体とすることによって安定を保っているからといって、ことさら、夫婦愛が堕落したなどと、力んで嘆くこともないのである。

（42歳・一九六六年八月号）

なに故我が娘には虫つかず

年頃の娘を持つ親は、娘に「悪い虫」がつきはしないかと心配するものだそうだ。

「そうだ」と書いたのは、私には二十二歳の娘がいるが、私は一向に虫のことを心配したことがないからである。

「お嬢さんはお母さんにボーイフレンドを紹介しますか？」

とよく訊かれる。

「ボーイフレンド？　見たことも聞いたこともありませんよ。いないんじゃないかしら」

というと、相手は必ず笑って、

「お母さんが怖いので連れて来ないんですね」

という。

いや、本当にいないんです、といっても信じる人が一人もいないのが私は不思議である。

「あなたが知らないだけよ。結構、どっかにいるのよ。うちの娘もそういって笑ってたよ」

中山あい子さんなどはアタマから決めてかかってそういう。

「そうかなあ……」

と答える私の心境は複雑である。

つまり、今はそれほど女の子に恋人か男友達がいるのが当り前のことになっているのだ。いないわけがない、と皆が思っている。いるのが当り前だから、いないのはなんだか欠落人間かなんぞのような気分になってくる。

中山あい子さんのいうように、恋人はどこかにいるのだが、母親が口うるさく、すぐに悪口をいったり渾名をつけたりするのを怖れて隠しているのだとしたら、それでよろしいのである。しかし、どう考えても「どこかにいる」というふうではないのだ。大学生の頃は学校をサボってボーイフレンドと遊んでいる、という疑惑を持とうと思えば持てないことはなかったが、大学を出た今は、疑いたくても外出嫌いの彼女はいつも家にいる。男の声で電話がかかって来たこともない。

これが戦前（つまり私などの娘時代）なら「身モチのいい、清らかなお嬢さん」ということになって親も安心、世間は感心したであろう娘である。しかし女性解放の叫び声と共に「貞操」という言葉が死語になってしまった今は、「身モチがいい」（これも死語）娘はヘンクツか、よくよく男にもてない落ちこぼれか、という疑いを人に抱かせるのである。この間もある人が来て、

「うちのワイフなんか二十六になるまで処女だったんですから」

といえば、居合せた人たち感心して、「ほう！」「へえ！」とその奥さんの顔を改めて眺めたくらいである。昔は処女でなければ嫁の貰い手はまずないと決っていたが、そのうちに、

「なに、処女？　大丈夫かい」

というようなことになるのではないか。これまでよろず時代の趨勢に刃向って

来た私ではあるが、暢気に構えているノラクラ娘を見るにつけ、何となく心配になって来ている今日この頃である。

というのも、私自身は大勢の男性との交際によって触発され、啓蒙されて来たという経験を持っているからである。自慢にならぬことかもしれないが、私は結婚を二度し何度か恋愛もし、両手に余る文学関係の男友達に揉まれて今日まで来た。それによって私が得たものは沢山ある。男性のものの見方、考え方、感じ方を取り入れることによって、女性本来の見方、考え方、感じ方と中和させ、私なりの理解力を育てることが出来たと思う。結婚生活や恋愛で傷つけ合い苦しみ苦しめたこともまた、人間理解に役立った。結婚生活を全う出来ず、また幾つかの恋愛も無為に終ったけれども、だからといって私は決して娘の恋愛を危惧したり「悪い虫」を怖れたりしているわけではないのである。

悪い虫か良い虫か、そんなことは簡単にわかりはしないのである。娘の人生が平坦であることを願う親は、生活の安定や堅実な人柄などをいい虫の条件として考えるのであろうが、私のように波瀾の人生を生きて来た人間には、平坦な人生などクソクラエ、という気分がある。

娘に悪い虫がつくことを怖れた時代は、女が弱者であった時代である。悪い虫に螫《さ》されたら一生浮かばれなかった。しかし今は違う。女は強くなった（悪い虫とは男に限らなくなった）。悪い虫に螫されてもべつだん、どうということはない。悪い虫の免疫が出来て、おかげでよりよい配偶者を見つけることが出来るかもしれないのである。

私は楽天家であるから、何でもそのように考える。私が生きている限り、娘を螫した悪い虫の毒を薬に変えてやれる自信がある。

だから私は早く娘が恋愛すればよいと思っているのである。螫されるのなら私が生きているうちに早く螫されてもらいたい。そうして早く強いおとなになっておいてくれないと、私は安心して死ぬことも出来ないのだ。

「あんた、いったい、いつになったら恋人が出来るのよ？　早く作りなさいよ」

と私は娘にいう。

「そういわれてもねえ。どうも帯に短しタスキに長し、でねえ」

とばあさんみたいなことをいっている。

「今みたいな生活してたら、男の人と知り合う機会がないもの。もっとどんどん外へ出て行きなさいよ」

「うーん、そうだねえ……ま、考えましょう」

そういって今日も（私がこの原稿を書いている今）娘は蠅叩きをふり廻して蠅を叩いている。私としては、娘に恋人が出来ないのは、あのうるさい母親がついているせいだと世間で取沙汰していることが不本意なのである。

（58歳・一九八二年十月号）

母、娘、私、たぎる血気は争えず

娘一家と二世帯住宅

二年前に自宅を建て直して、完全分離型の二世帯住宅に娘たち一家と住んでいます。娘が嫁いでから三年間はひとりで暮らし、孤独な死なんてとっくに覚悟してたんですが、三年前の厳冬に風呂場で転んで仰向けに倒れたまま動けなかったという体験から、古い家をぶっ壊して、現在の形態の家を造る気になったのです。

二階に娘夫婦と孫の三人が暮らし、階下に私が住んでいます。計画段階では私が二階に住むつもりだったんですよ。ずっと三十年間、二階を書斎として仕事を続けてきましたので、そうしたかったのですが、娘が「ママはこれからは階下のほうがいいと思う。だってそのうち、車椅子の人になるでしょ。それにタンカで運ばれる時なんかも、階段を降ろすのに困るし」と、言うものですからね。

ふぅむ……と私は唸り、娘の意見に従ったわけです。だっていくら私でも「断じてそのようなものには乗らぬ」とは断言できませんからね。

娘の世帯とは台所も風呂場もトイレも玄関も別々で、お互いに侵さず侵させず干渉せずさせず、を通しています。娘が結婚するまでは箸の上げ下ろしに文句を言っていましたが、いまはもう佐藤の人間じゃないと思いますから言わないですね。特にこっちの仕事が忙しい時はそれどころじゃありませんから。

でも、暇になると、一気にたまってたものが爆発することがあります。それは母親の気持ちというより、同性の先輩として、あるいは共同生活を営んでいる者同士として〝これじゃあ、困るじゃないか〟ということに対してなんですね。

細かい話だけど、婿さんは胡瓜のぬか漬けが好きなんです。で、私の漬けたぬか漬けを「おいしいですね、お母さん」と言って嬉しそうに食べるわけです。するとべつだん自分の亭主でなくても、ちょうどおいしく漬かったところを食べさせたいと思いますよね。普段何やかや文句言ってても〝ああ、これはヒロユキさんが好きだから〟って。ところが、娘ときたら、いくら言ってもしないんですよ。朝、胡瓜を一本、ぬか床に入れるだけでいいのに。忘れるのか、面倒くさいのか、そういう心づかいがないのが私の気にさわるんです。

私は悪妻だったけれど、大正生まれの妻が持ってる〝亭主の喜ぶ顔が見たい〟って心持ちを、やっぱりどこかに引きずってる。それが昔の主婦のつとめであり、喜びだったんですよ。たとえば、お正月のお重を作るのに、暮れから黒豆煮たり昆布を刻んだり、家族のために忙しく立ち働くことが、なんとなしにお祭りみたいで楽しかった。人が喜ぶことが嬉しいっていう気持ち。そんな気持ちが自然に育っていました。いまの人は面倒くさがりますけどね。われわれはそれほど苦痛じゃなかったですよ。

それが娘には希薄なんですよ。これ、もしかしたら、いまふうかと思ったりしますけど。

子育てに関してもね、幼稚園の弁当のおかずに頭を悩ましてる。そんなもの何だっていいじゃないですか。弁当に頭を悩ますなんて考えられないですよ。それを、美的感覚を養うためとかいって人参を梅型に切るお母さんがいるとか。それを感心する人たちがいる。何が美的感覚だ、って私、怒鳴るんですよ。娘のほうは、また始まったと馬耳東風です。

うちの孫は、夏になっても靴下を履いている。「なぜ裸足にさせないか」と私は怒らずにいられない。子供は裸足で土を踏んで、大地の気を吸収しなければいけない、というのが私の持論です。うちの孫はいつも靴下とスリッパを履いているから、裸足で地面を歩けない。私がいつも怒るものだから、孫は私の部屋へ来ると足を見せて言うんです。「おばあちゃん、ほら、ハダシだよ」って。

こういうことを言いだすと、一晩中でも喋りたいのですが、言っても仕方ありませんのでやめます。(笑)

娘の夢は普通の母だった

孫の名は「桃子」と言います。娘が付けた名前です。娘は子供の頃から桃子という名前が好きで、ママゴトのお人形も必ず桃子ちゃんと呼んでいたのです。考えてみれば、娘が育つ頃は、いなくなった父親の分、私は働きまくらねばならず、子供よりも仕事が大事という日々でした。

七五三がきたといっても晴れ着を着せてやったわけではなく、髪をリボンで飾ってやるなんてことは考えてもいなかった。着せた服はと言えば、自分の着古したワンピースをいい加減にジャキジャキと切り、洋裁の知識ゼロの私が見よう見真似でミシンをかけて作った袋みたいなダブダブのヤツ。この服は実に四歳から九歳まで着続けることができ、しまいには娘も「長いこと着られるねえ、この服。魔法の服みたいだ」と無邪気に感心していました。

だいたい私は着飾った子供が嫌いなんですよ。裸足で走ってるハナタレ小僧を見ると、つい微笑んで「がんばれよ、すくすく伸びろよ」と声をかけたくなるんですけどね。着飾ってるのを見ると「チェッ!」と言いたくなる。

娘は仕方なく言いなりになってましたけど、心の中で「大きくなって結婚して、女の子が生まれたら、可愛らしい洋服や帽子やリボンで○○ちゃんみたいに着飾らせたい」って思ってたらしいんですよ。○○ちゃんというのは、私がいつも

「チェッ!」と思っていた幼稚園の女の子です。いま思うと、可哀そうなことをしたなと思いますけどね。でも、こういう母親の子として生まれてきた以上、身の不運と諦めてもらうしかしようがない。

元の夫が会社経営に失敗して倒産し、家を出て行ったのは娘が小学二年の年の暮れのことでした。以来、私は手負いの猪となって生きるために奮闘し、娘のことは放りっぱなしでした。とにかく勉強を見てやる暇などまったくなく、いつ試験が始まっていつ終わったかも知らないという有り様。娘は一人で寝るのが寂しくて、いつも私が原稿を書いている机の横に来て、本を読んでいるうちに眠ってしまう。その身体に毛布を掛けてやったまま私は原稿を書き、書き終えて床に就く時に起こして寝床へ連れて行ったものです。戦っていたのは私一人ではなく、娘もともに戦っていたと言えます。

当然のなりゆきとして娘の成績はパッとせず、しかもそれを私は心配するどころか「通信簿の点数みたいなもので人生が決まるなんて考える奴はダメだ」などと言ったりしていました。小学校の頃、娘はいじめられっ子のハシリとも言うべき、イジメを受けていたらしいのですが、私は娘が意気地なしのために、たいしたことでもないことを気がアカンもんだから大きく感じているのだろうと思ってました。「それならば、どういうふうにいじめたか、いまのうちによく観察して書きとめておきなさい。大人になってからそれを書いたら、百万や二百万円はまたたく間」などと気楽なことを言ってました。

そんな励まし方をしたら、子供は困りますわねえ。

楽天性こそ生きる力

母親としての私は、子供の身になって考えることをしなかったんでね。私の価値観で突き進んでいました。普通の母親は、やっぱり子供と一心同体みたいな部分があって、一緒に泣いてやることで大きな慰めになるんでしょうが、私はそんなこと、思いもしなかったんです。私の家はいつも戦国時代だったので、平和な家庭の平和な親子のあり方では過ごしていけなかったのです。

私が娘に望んだことは、長い人生でどんなことが起きても、へばらずに乗り越えていく力を身につけておくことでした。そして、そのためには楽天性と言いますか、ものごとをくよくよ悲観的に考えないものの見方を、身につけさせたかった。私が一番忌避するのは、ウラミツラミというやつです。そんなものにかかずらわっていては、とても幸福にはなれないんですよ。

夫の会社が倒産した時、借金取りが押しかけて来ましたけれど、私は、そんなに大きな不幸に見舞われたんだという顔をしませんでした。何だか悲壮な気分で娘にこんなことを言ってました。

「パパは事業を失敗してこうなったけど、これはパパが悪いんじゃない。人間、一生懸命やっても失敗することがあるのよ。とくに商売なんていうものは人格とは関係ないんだから。そして、貧しさということは決して恥じることはないのよ」なんてね。

別れてから彼には別の女性がいたことがわかりましてね。私は何も知らずに彼の借金を肩代わりしていたことを知ってから、ボロクソに言うようになりましたけどね。（笑）

だから娘は混乱して育ってますよ。まぁ、何というか、戦いの先頭を切って、刀を振って突進していくような日常でしたから、後ろにいる者がどんな気持ちでいるかなんていうことは、突進している大将は考えないですよ（笑）。怨みつらみを払うためには、やっぱりいちいち考えちゃいられないということがいっぱいありますからね。だから、そういうなかで成長していかざるを得なかったというのは、可哀そうだったと思います。

結婚を嘆き続けた母

強気一方で生きてきた私ですけれど、子供の頃は、甘ったれで、外に出ると人の陰に隠れてすぐ涙ぐむような意気地なしでした。それに私は大正生まれで受け身の女ですから、もしずっと平穏無事な生活が続いていたら、自分の力なんて、一生わからなかったと思います。私が強くなったのは、二度も離婚を余儀なくされたおかげでしょうね。最初の夫は薬物中毒、二度目の夫は会社の倒産、そういうせっぱつまった状況に陥って、たとえば、泳ぎを知らない人間が水に投げ込まれて、メチャクチャにもがいているうちに泳ぎを覚えた。そういう段階で身につけていった強さなんです。

私の母は明治生まれの女としては主体性を持っている人で、女が結婚という形で男に隷属して生きるという生き方に懐疑を持ち、女優への道を志しました。その修業途中で父に出会い、半ば無理矢理結婚させられたのです。

私の父は激情家で、わがままきわまる人でした。とにかく若い時分の情念の燃え方というのが、ただ事じゃなかった。何か、憑いているんじゃないかと思うほど(笑)。母と出会った頃の父は女千人斬りを目指すなどと平気で吹聴していたのに、母と会って人格が一変してしまったわけです。それまでの父は、女に惚れられる男だったのに、よりにもよって自分を愛していない女に打ちこんでしまったんですよ。母は無愛想で無口な、男に無関心な女だったと言います。石は太陽の熱を受けると熱くなる。けれど太陽が沈むと冷たくなる。母はそんな石のような女だったんですね。佐藤紅緑という太陽がいたから、ポーッと熱くなる。いないとダメなんですから、片時も油断できない。そういう母の性格が父の征服欲を刺激したのだろうと思います。

母は一度も男を求めたことがない、結婚したいと思ったこともない。芝居を続けたい一心で父にくっついていたんです。父も女優を続けさせるという約束をして結婚した。にもかかわらず、結婚すると男のエゴイズムが母を束縛したものですから、母の怨みは一生の怨みになりました。私は母が、まるで歌でも歌うように「女なんてつまらないねえ、結婚なんてつまらないねえ」と言うのを聞いて育ったのです。

母・私・娘三代の血

母は我慢に我慢を重ね、これ以上我慢できないという時になると、力が出てくる人でした。いざとなると力を出す——。そんな母の性格を私は受け継いだような気がします。普段は無口でおとなしいのに、いざとなると思い切ったことをパッとやる。私はおとなしくはない、何もない時は、のらくらですよ。でもいったん事が起きると、猛然と立ち上がる。そんなところ、似ています。母は私に理性ということ、大局的にものを見ることなどを繰り返し教えました。しかし私の血のなかには、父から受けた情熱的で闘争的な性格が生まれつきある。この矛盾したふたつの要素が私を物書きにしたという気がするんですよ。

私は甘やかされて育ってますから、小学校に入った時、学校が怖くてねえ。とにかく他人というものと馴染めないんですよ。昔の男の子はワルでしたからね。わけもなく棒を振り回したり、道で通せんぼしたり。で、学校に行くのが嫌で、校長先生の帽子が遠くに見えただけで、胸がドキドキしたりしたものです。そのことを母に言うと、校長だって家に肥《こえ》を汲みにくるオッサンだって、みんな同じ人間なんだ、何が校長が怖いんだ、何も怖いことはないってね。

偉い人かどうかは、自分で付き合ってみないとわからないんだ、地位とか財産では決められないとしょっちゅう言っていました。それは私の人間の見方に強い影響を与えていると思います。だいたい有名人とかを有り難がる人たちを、バカにするという、悪いくせも母の影響ですね。

父は母を甘やかしていました。逃げられたら困るものですから。そして何をしてやっても嬉しい顔をしない、感謝を知らない女だって、嘆いていました。でも母は情緒的な人ではなかった代わり、義務感と責任感だけは強い人でした。父が病気になった時など、何ヵ月も枕元を離れずに看病をしたもので、お見舞いの人たちから、ずいぶん感心されていました。私の最初の結婚相手がモルヒネ中毒になった時、その頃は離婚ということが、まだ恥ずかしいことのように考えられていた時代ですが、母は早くから離婚を私に勧めていました。世間のとり沙汰などそんなもの、気にすることはない、という考えは母の年代では希有だったと思います。

「お父さんは、人と何か一緒にやると必ず喧嘩して別れることになった。小説を書くようになって、誰とも妥協する必要もないし、言いたいことを言えるから、やっと安定した。お前はお父さんと同じで協調性がない。勤めに行ったって一ヵ月ともたないだろうし、再婚してもまた別れるだろう。だからひとりでする仕事に就くのが一番だ」

母はそう言って、小説を書くことを勧めたんですよ。母がそう言わなければ、私は物書きになっていなかったと思いますね。別に小説を書くのが好きというわけではなかったのですから。

正反対の性格の夫婦だった父と母の姿を伝える話があります。父はある時期、何頭かの競走馬を持っていたのですが、当時の馬主は持ち馬が走る時は、ご祝儀として馬券を買っていました。当時の馬券は一枚二十円です。お手伝いさんの月給が五円ですから、二十円は相当の額です。その頃、父のために馬券を買いに走る大久保さんというオッサンがいましたが、ある日、父の馬が一着になり、大穴で二百円になった。馬主席で父は「大穴だ！」と叫んで狂喜しています。

その時、母がふと大久保さんの顔を見たら、真っ青になっているんですね。勘の鋭い母はおそらく大久保さんは〝こんな馬、来るわけがないと思って、買った振りして二十円、自分の懐に入れたに違いない〟とピーンときたんですね。もしこのことが父に知れたら、満座のなかで怒り狂うだろうと察し、とっさに大久保さんに二百円渡して「これを主人に渡しなさい」と耳打ちし、その場を救った。

母はこの話を、私に何度も自慢げに話しました。「チェッ、自慢して」と思いながら、私は母をやっぱりエライ人だと誇りに思ったことを覚えています。
私が小説を書く才能は父から貰ったものでしょうけれど、ものの見方は母から
しっかりと受け取ったものです。
父がいなくても私は作家になれなかったでしょうし、母がいなくてもなれなか
った。いま、私は父と母との劇的な邂逅の結果、佐藤愛子という個性が生まれた
ことを不思議な宿命のように感じています。
そして父と母の個性の融和がさらにどんな形で娘に伝わっていくのか、楽しみ
なようで考えてみると怖ろしい。

（72歳・一九九六年九月号）

第二部　老いの心境篇

人生の終盤、欲望も情念も涸れゆくままに

失われた「主婦の心得」

私の家では昔から古い着物をほどいて布団を作っていた。だから表も裏も絹で、すべすべと肌ざわりがよく、華やかだったり渋かったりした。だがこの頃は軽い羽毛布団が全盛で、祝儀のお返しなどでよく贈られるため、古着の布団は押入れの奥にしまわれたまま忘れられている。

先日、押入れの整理をしているうちにそれが出てきたので懐かしく、庭に乾したりしているうちに思い出したことがある。それは三十年ばかり前に私の仕事の手伝いをしてくれていた女性と何年ぶりかで会った時のこと、彼女が言った言葉である。

「私、忘れませんの。先生がピースの罐から白い屑糸を選《よ》り出して、それで布団にカバーをかけてらしたこと……」

古着で作った布団には既製のカバーでは寸法が合わず、洗濯をするたびに私は白い掛布を縫いつけていたのだ。縫いつける糸は新しい糸ではなく屑糸である。ほどき物をした時の糸は空になったピースの丸罐に入れておき、繕い物や半襟をかける時など、ちょっとした必要に応じてそこから引っぱり出して使っていたのだ。原稿書きの合間に私がそれをしていたのをその人は覚えていたとみえる。

私はそのことを孫に話した。すると孫は、

「ふーん。そんなに貧乏だったの」

といった。いや、貧乏だからじゃなくて……といいかけてやめた。それ以上わからせるのはむつかしく面倒だった。貧乏だったからではなくて、与えられた現実を抵抗せずに受け容れる。それが「主婦の心得」だったのだ。

私はそれを母から教わった。おそらく母も母の母から教わった。母の母もまたその母から覚えたことなのだろう。一枚の紙、一筋の糸、一粒のご飯も粗末にしてはならない――それが普通の暮し方だった。質素倹約は美徳で、欲望を抑制するのが女のたしなみだった。欲望は男にだけ許されるという社会通念の中で、女は当然のことのように欲望を捨てていた。女が欲望をむき出しにすることは醜いこととされていた。

「英雄色を好む」という諺がある。これは男社会における男の妄言である、と男社会の男意識を憎んでいるさる女性が、語気も鋭くいっていたことがある。英雄とは欲望の赴くままに行動する厚かましいだけの男で、ただその欲望の強さが人並以上であるというだけのこと。征服欲、色欲、権勢欲、ろくでもない欲望に捉われた憐れむべき男です！　というのであった。

すると別の女性が、「うちの夫は甲斐性もない癖に浮気ばっかりしてます」と訴えていたが、要するに欲望の強い奴が英雄になり、欲望のミミッチイのが浮気者になるということなんです！　と先輩はいい切り、男ばっかり欲望に走ることを許されて、女は許されないのはどういうことですか！　と、目を剝いて興奮したのであった。

その頃、未熟であった私は、「どういうことですか！　と私に詰め寄られてもなァ……」と当惑するだけだったが、それから激動の数十年を経て、女性も男性と別なく欲望に向って進むことの出来る時代がやってきた。

我が国があの無謀な戦争に突入して敗れた後、荒れ果てた焦土に立って私たちが思ったことは、「何とかしてこの窮乏から逃れたい」という思いだった。そして間もなく焼土に復興の槌音が響き出した。それは夢とか希望なんていう生やさしいものではない。「生き抜きたい」という強い欲望だった。そうしてやがてこの国は経済大国に向ってかけ上っていく。欲望の力が国を興したのだ。そして便利、合理的、快適さへの欲望が文明を進歩させた。雑巾を縫うために古手拭を折りたたみ、木綿の屑糸を選り出すなどということは私たちの暮しからなくなった。雑巾は店で売られているのである。

雑巾を買う！

子供が小学校へ持っていく雑巾は、手作りでなく商品だ、と知って私は唖然とした。それももう遠い過去の話だ。今は家庭でも雑巾を使ったりしないらしい。

私の家では古手拭で作ったものを使っているが。しかしその雑巾は屑糸ではなくミシンで縫う。

快適さへの欲望を満たすためには金を稼がなければならない。だからみんな働く。この世に生れてきたのは「楽しむ」ためであるということ（その楽しみも物質的な楽しみ）になったから、とにかく金が必要なのである。かつては父親か夫から与えられる金で暮しのやりくりをするしかなかった女性が、自分の働きで金を手にすることが出来るようになったので、女性の欲望はどんどんふくらんで男性を凌ぐまでになった。もはや物質の充足だけでなく、若さや美貌にまで欲望はふくらんだ。それを実現するための医学、栄養学、美容整形が発達した。そんな女の欲望の後を、この頃は男が追うようになっている様子である。

そして男も女もみんなが「老いても若々しく、元気イッパイでいたい」と願っている。昔は老いの象徴は碁会所、詰将棋、盆栽、町内の世話などだった。女は繕い物、猫の蚤《のみ》とりがせいぜいだった。それが男も女もゲートボールに始まり、ジョギング、登山、社交ダンスから、恋もしたい、セックスも楽しみたい、になり、それを当然のこととして誰もとやかくいわなくなった。

「幾つになっても女であること、それを意識しましょう。もうトシだから、などというのをやめましょう。若い時に一所懸命がんばってきたのです。これからですよ。これから。人生の終わりを精いっぱい楽しみましょう。夢を持ちましょう。夢の実現に向けて、カンパーイ……」

とある老人の集りで元気よく叫んでいる人がいた。

いい時代になったものですねえ、と傍の女性が感無量といった面持ちで呟いているので、

「ほんとに」

と一応、相槌を打ったが、諦めと我慢を美徳と教えられて生きてきた世代の一人としては、何かしらん釈然としない想いが胸に残ったのだった。

長くはない道をどう歩むか

欲望は進歩の大事な要素ではあるが、満足を得ると更に「もっともっと」にな

っていく。金持ちは金が貯まるほどケチになっていく。うまいものを食べると、もっとうまいものはないかと世界の珍味を求めてさまよう。女色に溺れ千人斬りを目ざす男はもっともっともっとの典型だろう。

もっともっとの欲望は日本を経済大国にした。金儲けにうつつを抜かす人は（昔は「金の亡者」などといわれて軽蔑されたものだが）認められ尊敬される。欲望は際限なくふくらむ。それを忘れて身を委《まか》せていると、行きつく所に何があるのか？　それがこの頃私が考えていることなのだ。

後期高齢者（という名称が怪しからんと怒っている人たちがいるそうだが、後期でも末期でもヨボヨボでも何でもいい。簡単にわかり易く、大ヂヂイ、大ババア、中ヂヂイ、中ババアでも結構、と私は思っている）ともなれば、どんなに厚化粧をして若ぶってみても、自分には身体の衰えがいやでもわかる。早い話が間もなく八十六歳になる私は、この原稿をここまで書くのに、書き直し書き直ししてもう四日を要している（前はこんなものは一日で書いた）。身体ばかりかアタマ、集中力が衰えてきているのだ。

それが人間の自然である。これが私の現実なのだ。この現実をしっかり見定め、受け止めることが大事だと私は自分にいい聞かせる。無理な抵抗はしない方がいい。皺とり手術をしても追っつかない。可能性が満ちて広がる未来はもうないのだ。死に向う一筋の道が通っているだけで、その道もそう長くはない。長くはない道をどう歩むか。

——欲望を殺《そ》いでいくことだ。

私はそう考える。死と向き合って生きる者にとって必要なことは、欲望をなくし、孤独に耐える力を養うことだという考えに私は辿りついた。たまたま「慾なければ一切足る、求むることあれば万事窮す」という良寛の言葉を見つけ、私は意を強くしている。

かつて私は牛肉が好きだった。だがこの何年かは食べたいと思わなくなっている。かつて私は和装の趣味があって、着物と帯、帯揚げと帯〆、草履に到るまで色の調和を考えなければ気がすまなかった。今でも佐藤さんはおしゃれね、といわれることがあるが、今はおしゃれをしているつもりはない。昔の着物があるから着ている。虫干しのつもりで着ているだけなのである。

たまにはおいしいものでも食べに行こうよ、と家の者にいわれても、「おいしいもの」とはどういうものか、よくわからない。大根の味噌汁と炊きたてのホカホカご飯が私の「おいしいもの」なのだ。

そんな自分に気がつくと、「よしよし、順調、順調」と思う。そう努力しているというわけではないのに、自然に、順調に欲望が涸《か》れていっていることに満足する。

欲望が涸れていくということは、らくになることなのだ。それと一緒に恨みつらみも嫉妬も心配も見栄も負けん気も、もろもろの情念が涸れていく。それが「安らかな老後」というものだと私は思っている。

「けれど、それではあんまり寂しすぎるわ」

といった人がいる。

寂しい？　当り前のことだ。人生は寂しいものと決っている。寂しくない方がおかしいのである。

（85歳・二〇〇九年十月二十二日号）

格闘する人生の中でこそ、人は美しく仕上がっていく

――すてきに年齢を重ねるためには、どうすればよいのでしょうか?

年を重ねるとは、ばあさんになっていくことですからね。すてきもへったくれもない!(笑)

だって、人は自然に年をとっていくものでしょ。それを無理に「すてきに」とかいわれると、困ってしまいます。今はそんなふうに、実体のない言葉を使ってわかったような気になってる時代ですから、私なんぞが出る幕ではないと、つくづく思います。

そもそも最近は〝生きる〟とか〝人生〟とかに対して、意識的になりすぎてい

るんじゃないでしょうか？　世の中が豊かになり、ゆとりがあるから、そういうことを考える余地が出てくるのだろうけど。

私が生きてきた時代は、そんなことをいちいち考える余裕はありませんでしたよ。襲いかかってくるものをなんとか受け止めて、ただひたすら懸命に乗り越えていく。日々その連続で、気がついたら、年をとっていた、という感じです。戦争中はとくにそうでした。先のことを考えたところで、いつ空襲で死ぬか、わからないのだから。

昭和五十年代あたりからでしょうか、女性雑誌が、「妻であり母であるより、女でいよう」みたいな特集を、しきりに組むようになったのは。あの頃から、おかしくなってきたんじゃないかと思います。当時私は講演なんかで、「女だから妻であり母になるわけなのに、ことさら離して考える必要はない。なぜそんなつまらないことを考えなくちゃならないんだ」なんて怒ったりしてましたけど、何でもかんでも意識的になった結果、言葉が飛び跳ねて、人々がそれに引きずられてきた。マスコミにも責任がありますよ。

――も、申し訳ございません。耳が痛いです……。

だいたい、「すてきに年を重ねたい」なんていいながら、以前、福田康夫氏が自民党総裁に決定したとき、何気なくテレビを見ていたら、支持者らしき五十代くらいの女性がいきなり福田さんに近づいて、自分のハンカチで彼の額の汗を拭き始めたんです。福田さんも、顔を撫で回されながら、仕方なさそうに苦笑してじっと受け容れてる。一瞬、目を疑いましたよ。仮にも政党の党首である人ですよ、そういう立場の人に対して取る行動ですか？　かつて日本には目上の人、あるいは年上に対して敬意を払うという美徳がありました。日本人は礼儀正しい国民だと外国の人からも尊敬されていたのです。それがこの頃、平等だか民主主義だかを履きちがえて、友達感覚の礼儀知らずが当たり前になっています。「すてきに年を重ねたい」のなら礼儀をわきまえ、羞恥心を持つべきでしょう。私のような人間がこういう発言をするのは内心、忸怩《じくじ》たるものがあるのですが（笑）、やっぱり人間、少しは羞恥心があったほうがいい。

――年を重ねても、成熟しない人が増えている、ということでしょうか。

かつての日本では「年相応」がよしとされ、「年甲斐もない」といわれることは、男も女も、恥ずかしかったんです。でも今は、そういう考えは古臭いんですね。確かに、何かにつけ「年相応」などといわれる社会は、窮屈ではありました。あれもだめ、これもだめと自由など全くない状況を当たり前のことと思って育ってきて、やがて戦争に負けて日本は焼け野原。食べるものも着るものもなくなった最低の生活ですよ。愚痴をこぼしたり国に腹を立てたりしながら、でも自殺した人なんて聞かなかった。耐え忍ぶことが普通になっていたので、みんな我慢の力が身についていたのね。その頃我々が夢見た理想の生活――それは、まさに今の生活なんですよ。便利で、豊かで、自由で、冬は暖かく夏は涼しく、人間関係も合理化され、男女平等になり、嫁は忍従から解き放たれました。

ところがその理想が現実のものとなったら、人間が変質してしまった。「衣食足りて礼節を知る」はずが、衣食が足りたら、むしろ礼節がなくなっちゃったという……。我慢をする力もなくなってしまいましたね。物質的な幸福と引き換えに、失ったものは多いですよ。

死生観も変わりました。昔の人はある程度の年齢になると、「いつかお迎えがくる」と思って心の死支度というものをしたものです。ごく自然に、老いを受け容れていたのです。でも今は老いから目をそらし、いずれ来る死というものに目をつむって、いつまでも若さを保つことばかり考えるようになっていますね。「すてきに年を重ねたい」なんていったって、その向こうに老残と死が、いやでも待っているんですよ。

――確かに今は、「老い」を受け容れにくくなっているのかもしれません。

結局、煩わしいこと、苦しいことは排除したいという風潮のなかで、「老い」

もまたイヤなこと、避けたいことになってしまったということでしょ。実際、シワやシミをとる技術もあるし、お金さえ出せば美容整形も受けられる。でも一回始めると、際限がなくなります。私は昭和四十年代に、美容整形外科の女医が主人公の、『その時がきた』という小説を書きました。彼女は本心では、「こんなことをしても、追いかけっこでしかないのに」と思いながら生活のために手術をしている。胸にシリコンを入れて大きくしたって、八十のばあさんになって死んだとき、肉体の他の部分はシワシワになっているのにオッパイだけがパンと張っている死体を見たら、なんとも珍妙なものではないか。なぜそんなふうに想像しないのだろうかと、主人公は思う。だいたいね、年をとることをいくら拒否したって、とるのだから、しようがないじゃない。とってみろ、そうしたらわかるから、としかいいようがないですよ。(笑)

私の母は若い頃は女優をしていて、華やかな時期もあったけれど、強奪されるようにして父と結婚してからは、本当に苦労の連続でした。母が亡くなる二、三年前、四十代の私が恋愛問題を起こしてわぁわぁ騒いでいる頃に、母がコタツの上に手を乗せて「この手ぇ、見てみぃ。なんのかんのいっても、みんなこの手ぇになるんや」といった。シミが浮き出て骨ばった、まさに老人の手を見せて、それとなく私をたしなめたわけです。いろいろな苦しい経験を経ることによって、解脱というか、虚無というか、安住？　諦め？　少なくとも静かな境地に入れるんですね。苦しい経験は大事なんですよ。

――苦しいことや思い通りにいかないことも、人が成熟していくうえで糧になるわけですね。

生きるってことは理不尽なことだらけ、矛盾だらけです。その理不尽を受け止め、矛盾に苛《さいな》まれながら日々必死に生きていくと、いろいろなことがわかってくる。人は死に向かって生きているとか、栄耀栄華は儚《はかな》い満足でしかない、とか――。だからね、経験が、人を育てるんですよ。今は楽しいことの多い時代だけど、苦しいことも含めて充分に生きてきたと思えるだけの経験のない人が多いから、現象的なことばかりに関心がいってしまう。まだまだやり残したことがいっぱいあると思っていると、もっと何かほしい、もっと刺激がほしいという思いが生まれてくる。

そこへもってきて、マスコミが、やれ七十になっても恋愛をせぇ、セックスをせぇと煽《あお》る。そんなことといったって、相手がいなけりゃいかんせんですよ。(笑)

私はある時期から、この世には修行するために生まれてきていると考えるようになりました。すると、苦しいこと、泣きたいようなことがあっても、これは修行だと思うと耐えられる。ところが今は、人は楽しむために生まれてきているという考え方が勝っていますね。そのせいでかえってみんな、「楽しくなければいけない」という強迫観念みたいなものにとらわれてしまっているのではないですか。女性の場合は、「いい女でいなければいけない」「すてきに年を重ねなければ」「いい恋愛をしなくては」とか――。今、みんなそんなふうに表層的なところばっかり見て、思念などというものは捨ててしまったような気がします。だいたい、いい恋愛ってどんな恋愛ですか?

――いい恋愛、ですか？　……あらためて、どんな恋愛かと問われると、答えにつまります。

そうでしょう。私が申し上げた「言葉だけが躍っている」って、つまりそういうことなんですよ。

――なるほど……。よくわかりました。

あの、最後にうかがいたいのですが、そんな先生からご覧になって、ああいうふうに年齢を重ねたいと思うような方はいらっしゃいますか？

今どきの人ではないけれども、あるとき都電の中で、ハッとするくらい美しい老女がいらして、思わず見とれてしまったことがあります。年の頃は七十くらいでしょうか。そのうちふっと、その方が神近市子《かみちかいちこ》さんだと気がついた。神近さんは子どもの頃、親兄弟に死なれて養子に出されたけれど、その家からも愛想尽かしされた。苦労して津田塾に入学し、平塚らいてうが主宰する『青鞜』に加入して評論家として活動を始めますが、三角関係のもつれから愛人であった大杉栄を刺傷し、懲役刑を受けます。出獄後、文筆家となり、戦後は女性解放運動に身を投じました。そして国会議員となり、人権のために闘い続けたのです。

若い頃の神近さんは、鬼のような顔だったと人から聞いたことがあります。でも私がお見かけしたときのお顔は、本当にきれいだった。なんともいえない、迫力のある美しさが宿っていました。格闘する人生の中で、苦闘を乗り越えて何かをつかみ、〝仕上がっていった〟人の美しさ、とでもいえばいいんでしょうか。一筋に生きた人生ならではの、凛《りん》とした雰囲気があった。だから、年を重ねて美しくなるというのは、並大抵のことではないなと思い知らされたわけですよ。人間はね、やっぱりダラダラ生きていては、いつまで経っても仕上がらない。

……でもね、こういう話をしても、もう今の世の中には沁みていかないような気がしますけど、どうなんでしょうねえ。

（84歳・二〇〇八年二月七日号）

人生は自分の力で切り拓いて。頼ろうとする心が嘆かわしい

そのときはそのとき

振り返ると、五十代から「老後」のことについていろいろ書いてきました。それから八十代のいまに至るまで、〝老後歴〟はずいぶん長くなりました。

この頃は年金のことが、ずいぶん話題になっていますが、私は世事にかまけている暇がない生活をしていましたし、万事に無頓着なので加入もしていませんでしたから、当然、一文ももらっていません。国民健康保険にも加入していませんでしたが、保険の担当者が来て義務だというので加入したのが四十代後半。そのとき年金も義務だと教えてもらっていたら、入っていたと思いますよ。年金なんて払いたい人が払えばいいので、払いたくない人は払わなくてもいいと思ってい

たのです。

むしろ、年をとって働けなくなったら国からお金をもらうなんて、そんな怯《きょう》懦《だ》な精神でどうする！　なんてね。そもそもたいして才能も素養もないのに、作家になろうとしたことだって、無謀ですしね。野垂れ死にするかもしれないが、そのときはそのときのことと思っていました。

これは父（作家・佐藤紅緑）の影響かもしれません。父は生命保険とか火災保険の類をひどく嫌っていましたから。私？　私は義理や、しつこく勧められて面倒くさいから入ったというのがありますけれど、いくらなのか覚えていません。火事になったときにわかるだろうという横着さです。

離婚や借金、火災、地震など、人生ではいろいろな危機が起きます。そのときはそのときに力をふるえばいい。何かを用心して「危険な目にあわないように、あわないように」と考えていると、消極的になって生活が萎縮してしまう。人生は自分の力で生きていくものであって、人をあてにするものではないと思っています。戦争を体験したことで、国はかならずしも国民を守ってくれないということが身に染みましたのでね、どんな事態になっても、自分一人の力で生きて行くという覚悟みたいなものが、いつかできたような気がするけれど、「いや、それは佐藤さん、あなた独自の性分だ」といわれると、うーん、そうかと思います。

通帳を見なくなった理由

それでも、二十代、三十代のときはお金を貯め、家計簿をつけて一喜一憂していたこともありました。貧乏でしたからね。そのうち、夫が破産して、莫大な借金を負ってからは、価値観が変わりました。お金を紙屑のようなものだと思わなければ、お金への執着を捨てなければ、生きていけないような日々でしたから。

夫の会社が倒産したのは、私が四十二歳のとき。夫は逃げてどこにいるのかわからないので、借金取りは私のところに来る。その頃私は、一枚五百円の原稿料で少女小説を書いていて、それは小遣い程度のものでした。それが唯一の収入になったのです。仕方なく、家にあるものを売って、お金を作って借金取りに渡したりしていました。たかが金のために顔色変えて詰め寄る人を見てると、何もかもイヤになって、かといって借りたお金を返さないほうがわるいのですからね。ヤケクソになって肩代わりの判子を押してしまった。先のことなんか考えることもなく。だって戦場で鉄砲玉が向こうから飛んでくるときに、後悔してる暇がないのと同じですよ。（笑）

返済額は合計三千五百万円ほど。とにかく書いて、原稿料を返済に充てるしかなかった日々。幸いにも四十五歳のとき、借金の顚末を書いた小説（『戦いすんで日が暮れて』）で、直木賞をいただいたのです。受賞後、執筆依頼が来るようになり、まとまったお金が入ってくるようになった。それがなければ、首を吊っていましたね。

老後の備えですか？　備えというような意識はないですが、何がほしい、こうしたいああしたいという欲望は年とともに衰えますから、あまりお金を遣いません。ですから、印税が自然にいくらか貯まっていると思いますが、どの程度貯まっているのか関心がないのでわかりません。

家計簿をつけなくなったのも、夫の借金を背負っていたとき、私の通帳はいつもゼロだったし、収入があっても、入ったお金は返済のために右から左へ通帳を通り過ぎていきましたから、家計簿なんてつけてもはじまらない。借金取りがいったい何人いて、月にいくら返し、いくら入っているのか勘定するどころではなく、いっさい通帳を見なくなりました。すると七、八年たったある日、「あれ、あるわ！」。ずっと〝さっぱり〟していた通帳にめずらしくお金が入っていたから、何となく落ちつかず、それで北海道に家を建てて、またゼロにしてしまったことも。

でも、借金のせいで泣き暮らすとか、不幸せに思うとか、そういう目にあわせた夫を恨むとか、などの気持ちは一切ありませんでした。自分からしゃしゃり出て（借金の肩代わり）やったことだったから。恨むくらいなら、初めからやらないわという感じですね。

このどん底体験をして開き直ったおかげで、何かを失う怖さがなくなりました。

依存に慣れてしまった日本人

二、三十年前に「楽しい老後」というフレーズが流行《はや》りました。いまは、国の財政が破綻してきて「不安な老後」というようになったようですね。多くの人がなぜ老後を不安がるかというと、日本人は贅沢を覚えてしまったからでしょう。昔は、貧乏は悲劇でなく普通のことであって、ほしいものが買えないのはあたり前でした。贅沢を覚えてしまったから、人様と比べるようになったし、ほしいものが手に入らないと不満を覚える。だから老後に収入がなくなることを思うと余計に心配が高じるのではないですか？

知らないうちに日本人は依存症になっているような気がします。私の若い頃は、依存したくても誰も依存させてくれなかったし、とにかく自分でどうにかしなくてはならなかった。いまは、苦しい人や弱い人には国が援助する仕組みができて、昔に比べたら行き届いていると思うのだけれども、それでも不満があるみたいですね。口を開けば、不満と要求ばかりの人が多いような気がします。

戦前、年金は一部の人を除いてはありませんでしたから、老後に備えてつつましい生活をしなければなりませんでした。だから、質素倹約が当たり前のことでした。美徳でした。私なんぞは当時の大人たちの暮らし方を見ていますから、ないときはないように暮らせばいいという覚悟ができています。昔は金持ちほど質素節約をしていたものですよ。経済的な豊かさだけが幸せの基準なのではないということを身につけていれば、アタフタすることはないのです。

では、欲望を断つにはどうしたらよいかと聞かれるけれど、そんなことは自分で考えろ、なんでも人に訊くな、と言いたい。いつ何が起きるかわからないのが人生ですからね、まあ、いろいろな苦しい不如意《ふにょい》を経験すれば、やれ金がない、やれ老後が心配だと言ったって、「それがナンなんだ！」という気持ちが自然に湧くものですよ。

助けるのも、助けないのも自由

老後に備えて蓄財してきたのに、不況になったために息子一族が何かを頼るようになってきた、この分では蓄えが減る一方だという嘆きの手紙を読みましたが、ああ、時代はここまで変わったかと私はつくづく嗟嘆しました。

かつて三世代、四世代同居があたり前だった頃は、嫁姑のいざこざや、自由のなさなどいろんな問題があって、そして核家族という方法が考え出されました。簡単にいうと、ソッチはソッチ、コッチはコッチというわけですよね。そして苦労がなくなったと同時に、家族の情というものが希薄になってしまったのです。

家族主義の時代は、若い頃は親に頭を押さえつけられて苦しかったけれども、その代わり年寄りになれば安泰が用意されていた。息子に頼られて「財産が減る」なんて愚痴をいうよりも、息子を助けてやりたいという情が湧くのです。核家族で長年やってくると、その「情」というものが育たない。それは不幸なことですよね。私はそう思います。

そうかと思うと、その一方で「ニート」の問題が起きています。「働かざる者は食うべからず」と昔は言ったものですよ。親はそういって怠け者の倅《せがれ》を追い出した。世間へ出て自分のことは自分で始末をつけろってね。ところがいまは、時代のせいにしたりして、嘆息しているだけです。就職難だというけれど、要するに、自分の気に入った職がないってことじゃないんですか。食うためには、なんでもやるっていう馬力がなくなっているんじゃないですか。現に、つらいとかキタナイという仕事を嫌うようになったので、いまは外国の人にしてもらっているでしょう。いまは、あれがいい、あれがイヤだなんて、そんな贅沢言っていられる時代じゃないんですよ。時代の文句を言うよりも自分がするべきことを考えたほうがいい。これは子どもの主体性を認めよとか、子の気持ちをわからねば、なんてフヤケたことを言って育ててきた結果です。

子どもの立場に立つ――それの何がいけないと言われるかもしれないけれど、そういう主義だとしたら仕方ないですね。その代わり、何年か先に問題が起きても、文句を言うなというのが、私の人生観。すべては自分の責任ということなのです。

日々の倹約精神を大切に

　私がいまほしいもの？　何もないですね。いま着ているものだって、三十年くらい前の着物です。母は明治生まれの、始末屋で倹約精神の持ち主でしたから、「安物買いの銭失い」なんて言って、少々高くてもいいものを選んで、末長く使うということを教えられました。家具でも着るものでもモチがいいから何も買わずにすんでいます。その代わり、やっぱり飽き飽きしていますけど。けれど、この年になると、新しいものを買っても、もうあと何年も生きないと思うと、もったいないと思うんです。

　実は、尊敬してきた霊能者の方に、「佐藤さんは、九十歳まで生きますよ」といわれたことがあるのですが、気づけばあと二年。いままで散々、くだらないものばかり書き散らしてきましたからね、最後にちゃんとしたものを書こうと思い、長編に取り組んでいます。死ぬまで毎日書くことが大事で、できあがらなくてもいい。何もしないでいるより充実しますからね。娘にも言ったことがありますが、何かクリエイティブなことにかかわっていれば、貧乏だってなんだって、ちっとも苦しくない、と。人の目には不幸に見えても、本人は幸せかもしれないのですから。

なんでも先のことをくよくよ考えるとか、人のせいにするのはよくないと思いますね。自分がそれまでの人生で、何をしてきただろうか、何をするべきかを考えてみれば、不平不満がひっこむのではないですか。そして、最後は、不如意や理不尽をあきらめることが大事です。あきらめられないと、いつまでも不幸。やっぱり私はどん底まで落ちたことのある人間だから、人生はお金だけじゃないという考えに至るのです。

（88歳・二〇一二年五月七日号）

全部失ってごらんなさい。どうってことありませんよ

困難が訪れたとき、欠点が戦う刃になった

八十九年生きてきましたが、幸福なんて考えたこともないし、そんな言葉は使ったこともありません。私たちの世代は、そういう人生でした。頭上に焼夷弾が降ってくるときに幸福についてなど考えていられないじゃないですか。敗戦後は食べるものも住むところもなければ、職業もない。今の人殺しは、恨みつらみもなく、誰でもいいと言って殺しますでしょ。あのころはおむすびひとつを争って、殺人が起きた。それくらい切実だったのです。

そんな時代ですから、人生とは苦労するものであって、楽しむために生まれてきたとは夢にも思わない。生きるうえでの苦労は当たり前だという通念が世の中

にありました。折にふれ親たちがそう言っていましたから。娘がお嫁に行くときなんかどんな親でも必ず言ったものです。「この先、何があるかわからないのだから、それを覚悟しなさいよ」って。覚悟という言葉を昔の親はずいぶん言いましたね。

今は二言目には子どもの気持ちをわかろう、個性を尊重しなければならないということになってましてね。けど子どもの気持ちなんてわからないのが当たり前なんですよ。

昔は親も学校の先生も本当に勝手でね、絶対的な力を持っていて、刃向かうことなんかできない。先生だって間違うことがある人だけれど、一方的に叱られる。家へ帰って親に訴えると、先生が間違ったことをおっしゃるわけがない。お前が悪い、とね。また一方的に決めつける。子どもは無力感のなかで、その理不尽を我慢するしかないんです。そんなふうにして、理不尽に耐える力が身についていくんだと私は思うのです。ところが今は、それがいけない。子どもの気持ちを考えるという教育方針ですからね。我慢力が育たないで、私から言わせれば、フヌケが増えていく一方です。理不尽や不如意は人間形成のうえで必要なことだと思っていますけどね。どうでしょう？

私はいわゆる苦労の多い人生を生きてきました。私の友人などは「ホント悲劇の人なのですね」なんてよく言います。本当は悲劇の人生なのに、それらしくない顔をしているという意味をこめているんですよ。本人が悲劇と思っていないのだから、そんな顔になるわけないのです。そうして生きてこられたのは、人の何倍も働ける健康な体を親から与えてもらったおかげです。そして、父から受け継いだ気の強さも。私は攻撃的な人間ですから、平和な時代には滅んでいく種族だと思うのです。でも困難が訪れたとき、これらの欠点が戦う刃になった。大きな欠点が、現実のあり方によっては美点にもなるし、またその逆もある。だから人間を簡単に頭から決めつけるものじゃないんですよ。

若いころは貧乏がこわかったけれど、実際に貧乏になってみたらどうってことない。私は父親に猫かわいがりにかわいがられて、物質的に苦労したこともなく、末っ子でわがままいっぱいに育って。そういう育ちだと、突然の借金などに直面したら潰れてしまいそうですが、人間は切羽詰まると力が出てくるものなのです。その力は何も私だけにあったものじゃない。すべての人間に与えられているのだから、それを出そうと努力すればいいんです。出そうとしない、出ないと思っている、出せないと思っている。そういうのを私は甘ったれと言います。

神の守護が得られなくなった

ここ十年くらいでしょうか、新年に神社へお参りに行くと、大勢の人が一列に、鳥居の外まで並んでいます。なぜ並ぶんでしょう？　どう考えてもわかりません。もしかしたら、正面から神様と向き合って願いごとをしないと届かないと思っているのでしょうか？　正面だろうが横からだろうが、祈る場所なんかどこだっていい。神の御前では感謝の念を捧げればいいんです。願いごとをするのは勝手だけれど、神はあくまで精神的な存在ですから。やれよい縁談をとか、入学とか、金儲けとか、物質的なことを言っても届くわけがない。私が並ばずに横のほうで拝んでいたら、列のなかから「みんな並んでるんですよ」という女の声がしました。私は「それが何なんですか?」と言って帰ってきましたけどね。ラーメン屋の行列に割り込んだのとは話が違いますよ。もう近ごろ、ふしぎに思うことがいっぱいあります、私には。もっとも向こうでも、私をふしぎな婆さんだと思っているんでしょう。この隔絶はもう、埋めようがないですね。

東日本大震災のとき、石原慎太郎さんが「天罰だ」と言ったというので非難を受けてましたけど、私は「天罰」というのではないけれど、似たような感じを持ちました。

というのは、日本人はかつて勤勉、努力家で情を大事にし、親切で正直で忍耐力のある、つまり精神性の高い民族として外国の人に讃仰されていました。物質的な成功者よりも、貧乏だけれど正直者や働き者に価値を置くという傾向がありました。その美徳が敗戦を境に少しずつ減っていき、バブルを頂点に贅沢や快楽を得ることを幸福だと思うようになった。つまり親切よりも物質的欲望の充足に向かいました。

そこから放たれる波動が神に届くわけがないと私は思うのです。民族の波動が高ければ神様もそれに応えて国を守ってくださるのではないかと。この国の波動がこんなに物質的になってしまっては、何も神に届かない。守護は得られなくなっていくのではないかと。ま、いろんな異論があるでしょうが、少なくとも私はそう考えているのでね。だから宮城や福島、岩手の方々がいけないというのではありませんよ。日本全体が受けるべき災難を東北の方が代わりに受けてくださったことを、心から申し訳なく思うのです。

欲望を充足させることが幸福ではない

今の日本では、物質的な安泰を幸せだと思う人が多いでしょう。でも、幸せは一人ひとり違うものです。お金持ちでご主人は浮気もせず、奥さんは貞淑で家事に勤《いそ》しみ、子どもはしっかり勉強していい学校に入る、というのをよしとする人もいれば、一つのことをやりとげようと邁進し、貧乏は屁《へ》でもないという人もいる。

今は先の見えない時代で、足を踏み出すのがこわいという声も聞きますけれど、私が小説家になろうと思ったときだって、なれるかなれないかなんてわからなかった。組織に入ってもおそらく一週間くらいで喧嘩してやめるでしょうし、ほかにできることもありません。できることは書くことだけ、自信なんかあるわけがない。先の安泰などまったく頭になかったですよ。

人はみな潜在的に可能性を持っている。しかしこのごろはみんな困難から逃げるから、そういう力が自分にあることを自覚できないんです。自分の持っている力を信じて、それを出そう、向き合おうという姿勢になれば、不幸だのなんだの、悩むことはないんですよ。全部失ってごらんなさい。どうってことありませんよ。私はすべて失ったうえに借金まで背負いこんだけれど、不幸だと思ったことはない。むしろ元気が出ましたよ、ヤケクソの元気が。どんな境遇になっても平気でいられる、そういう人間になることが一番の幸せじゃないですか。

老後が不安だなんて言うけれど、昔は年金なんてありませんから、倹約して備えたものです。それに長男は親の面倒を見るのが義務でした。家族制度のなかで、家長が威張り、あとの者はそれに従うという形で家庭が成立していましたから、それぞれにそれぞれの苦労がありました。特に嫁姑の問題が痛切でしたね。核家族という形式でそういう煩わしさを解決できるようになって、嫁も姑ものびのび生活できるようになってめでたしめでたしということができたと思ったら、ここに来て老人問題が起きてきた。物事は一つよければ一つ悪い。すべてよしということはないんです。のびのび暮らすという幸せを手に入れたんだから、最後は孤独に耐えるのは仕方ないじゃありませんか。それがいやならのびのびを諦めるしかない。どっちかですよ。

私の愛読書は、アランの『幸福論』です。アランはこう言っています。「完全な意味で最も幸福な人とは、着物を投げ捨てるように別の幸福を投げ捨てることの出来る人だ」と。船が難破し、お金から何からすべて失った人でも、「生きていく力を持つ自分自身」という財産を持っているという考え方ね。借金漬けのどん底生活を経てきた私は、まったく至言だと思います。欲望を充足させることを幸福だと思うのは大間違いだと思いますね。

私の家へ来る植木屋さんは息子と二人で来ます。書斎で机に向かっていると

「ここはこうしてはだめだ」とか「これはこう……」なんて教える声が聞こえてくる。それを聞いていて、「ああ、これが幸せだ」と私は思うのね。自分が人生をかけて習得してきた技術を息子に教えることができる父親。幸福とはこういうものだと思うんです。でもおやじさんはその幸福を知らない。幸福とはそういうものじゃないかしら。

（89歳・二〇一三年一月二十二日号）

九十二歳、いい加減くたばりたい心境です

聞き手　工藤美代子　ノンフィクション作家

どうやらアホになりつつある

工藤　佐藤先生のエッセイ集『九十歳。何がめでたい』、とても面白く読ませていただきました。タイトルがすごく印象的です。

佐藤　九十二歳になって、まさにいまの私の実感なんです。八十代の頃は元気でしたが、九十の声を聞いてから、肉体の衰えを感じていてね。

工藤　いまの日本では、高齢者に対して厳しい目線が増えているように思います。麻生太郎副総理が、「高齢者はいつまで生きるつもりなのか」と発言したり……。

佐藤　その通りですよ。私は自分でもそう思ってますよ。いったいいつまで生き

るんだろうって。いい加減くたばりたい。麻生さんの発言に腹を立てている人がいるようだけど、そういうことを言うのが彼のキャラクターなんだから、面白がればいいのよ。長生きがめでたかったのは、人の寿命が短命だった昔のこと。いまは八十歳を超える人なんてたくさんいるし、そのうち九十歳や百歳まで生きることが当たり前になるでしょう。

工藤　肉体的な衰えというのは、具体的にどのようなことですか？

佐藤　指を曲げると、もとに戻らなくなって、無理に戻すのが痛いの。右手は親指と薬指が、左も人さし指と、この頃は小指が怪しくなっている。もうどうにもならないんですよ。それから記憶力がね。どうやらアホになりつつあるみたい。

けれどそれ以上に大変なのは、文明の進歩についていけなくなったこと。インターネットやスマホなんて言われても、何を言っているのかわからない。いまや娘や孫がいないと、ひとりじゃ生活できないんですから。

工藤　マイナンバーカードの申請をスマホで行うなど、最新の技術が私たちの日常生活に不可欠になってきています。

佐藤　でも、マイナンバーがなぜ必要なんだか、よくわからないままに番号をつけられてる。合理的って何が合理的？　便利？　誰にとっての便利なのか、親がつけてくれた名前があるのだから、それでいいじゃないかと言うと、無知ね、と笑われる。私は「不便でもいい！」って言いたい。

工藤　お風呂なんかも、いまは勝手に沸いてくれるけれど、今度は温度を調節したいときの操作方法が複雑になったりと、かえって面倒です。

佐藤　なんでも余計なお世話が多いです。「お風呂、沸きました」なんて、お風呂が勝手にしゃべるんですからね。「そんなの自分で見るワイ」って言い返しながら走ったり。今度は、『余計なお世話』っていう本を書こうかしら。

匿名ゆえの品のなさ

工藤　アハハハ。日本はおせっかいなところが多い。駅のアナウンスなんて特に感じます。海外の方が驚かれるくらい。でも、便利さや親切に慣れすぎてしまって、少しでも不便を感じると文句を言うクレーマーも増えています。

佐藤　文句を言うのが快感になってるみたいね。「品格」なんて言葉を私が言うのはおかしいだろうけど（笑）、あの有名な保育所問題のツイッターの文言、「保育園落ちた。日本死ね」というアレ。佐藤愛子も及ばない下品さでね。インターネットでは匿名だから、考えないで感情をムキ出しにして口穢《くちぎたな》く言えるのね。するると意外にウケるんだわ。いくら何でも下品すぎる、なんていう人は少数派でしょう。匿名という隠れ蓑から顔を出して言えば、って言いたくなる。

工藤　最近では、不祥事を起こすとメディアに袋叩きにされています。恐ろしいくらいに。前東京都知事の舛添要一氏も、ぐうの音も出なくなるまで追いつめられてしまいました。

佐藤　彼は最後に、涙を浮かべながら、「報酬はいらないから続けさせてほしい」と言ったでしょう。やらせてあげればいいじゃない。あれだけ袋叩きにあったのだから、彼は必死に頑張ってくれると思うのね。あのままだと、彼の人生は暗いままです。名誉挽回のチャンスを与えるのが、人の情けというものでしょう。もうまったく、せこいせこいって、聞き飽きましたよ。そのほかに言う言葉はないのかと思うくらい。アメリカ人まで、「セコイ」という言葉を覚えたというんだから。いまのマスメディアは、誰かの弱みをつかむとここぞと袋叩きにするのね。「国民のニーズに応える」という言い訳をするけど、勝手に決めないでよと言いたい。

工藤　日本人の劣化でしょうかしら。自分で考える前に、テレビやスマホの情報で完了してしまうんです。

世の中みんな依存症

工藤　いまの『婦人公論』読者には、「長生きしたくない」と思っている方もいるそうです。自分がどう生きればよいのか、そのモデルが見つからない、と。

佐藤　生きるモデル？　そんなものないです。あったとしても、人間は一人一人違うんでねえ、気の弱い人に、強く生きよと言っても仕方ないし。ときどき、「佐藤さんのように強く生きたい」と言う人がいるけど、私のように生きたらロクでもない人生になりますよ。「幸福な人生」を築くには？　なんてことを聞かれることもあるけど、その人にとっての幸福とはどういうものか、私にはわからないから、答えようがないんですよ。人はそれぞれ感性、価値観が違うんですからね。金持ちになるのが幸福だと思う人もいれば、物質に価値を置かない人もいるし。あなたにとっての幸せは何ですか？　と聞かなければ答えが出ないから質問すると、さあ？　何かしら、なんて言う。「テメエの幸福はテメエで考えろ！」とね、いきなり凶暴になるんですよ、私は。

工藤　百人いれば百人の個性あり、だと思いますね。「人生相談」がウケるのも、そういうわけですね。相談はいいけれど、他人に依存したらダメだということでしょうか。

佐藤　相談と依存とは違いますよね。相談は、考えに考えた末に、人の意見を参考にするためにするものでしょう。依存は自分で考えないで、人に答えを見つけてもらう、とでもいうかしら。とにかく簡単、安易ですねえ。

工藤　だから皆さん、『婦人公論』に依存しているのかも。病院へ行くと感じます。何でもかんでも薬、薬で、向こうは出しすぎ、こっちは飲みすぎ。これも薬の依存症だと、最近やっと気がついたんです。

佐藤　昔は「頭痛が起きたら、こめかみに梅干しを貼って治せばいい」なんていう世の中でしたよ。健康保険はないし、お医者さんにかかろうとしなかったのは、高価だったのかしらねえ。よくよくのことでなければ病院には行きませんでしたよ。熱があっても痛くても、ギリギリまで我慢した、仕方なくね。それで手遅れになったってこともあったけれど、その一方で我慢力がついた、ともいえます。たじろがず、強く生きる力が身についたということですよね。我慢力が身についているということは、それは幸福になる条件の一つではないですか。

貧乏、不如意もいいもんだ

工藤　我慢力が確かに欠乏しています。ある程度は十分だと思える福祉もあり、その気になれば仕事もあるのに働かない。自己責任の欠落もあります。その上、いま世間は盛んに「不況だ」と騒いでいますが、先生はどのようにご覧になっていますか？

佐藤　不況？　そんなこと私に訊くなんて！　この不況の原因は？　とか、いかにして乗り越えるか、なんて、そういうことに私は阿呆なんですから。お金のある時はあるように、ない時はないように暮らせばいいだけですよ。政治がイカンと怒るにも無知だから怒りようがない。この頃は本が売れない、と作家や編集者が嘆いている声をよく聞くけれど、もともとベストセラーなんて出したことのない私ですからね。別にどうってことないんです。収入がなくなればそのように暮らせばいいだけのことでね。

九十歳を過ぎると自然に欲望がなくなっていきます。あれしたい、これ欲しい、おいしいもの食べたいなんて思わないから、お金もたくさん要らない。うまくできてると思うのね。若い頃は欲望が盛んだからお金が必要だけど、老いて働けなくなって収入がなくなると欲望のほうも自然と消滅していくのは、これはうまくできてると思いますねえ。老人になっても欲望がギラギラしているのをこの頃はいいことみたいにいうけれど、うーん、どんなものかねえ。

工藤　私も六十代に入ってから世俗的な欲望がかなり減りました。いいことかどうかなんてわかりませんが、一人での食事だと玉子かけご飯で十分。お金もかかりません。

佐藤　作家を目ざしていた頃——二十五歳頃ですけど、同じような「目ざし仲間」というか、つまり売れない小説を書いてはゴタクを並べているといった仲間が四、五人いて、用もないのに集まっては渋谷をうろついていた頃のことです。お金がないからあてもなくふらふら歩いたり、たまに小銭があるとパチンコしたりしてるうち、腹へった、何か食べたいということになって、安そうな店に入ってかんぴょう巻きを一皿頼むんですよね。四人で一皿ね。お皿にはかんぴょう巻きが五個のってる。たしか三十円でした。四人が一個ずつ食べると一個残るわね。その一個を誰が食べるか。ジャンケンで決めるんですよ、「ジャンケンポンッ！」ってね。必死になって大声になってしまうの。

お金のないことも、小説が認められないことも、家族が白い目で見ていることにも平気でした。自由で希望に燃えていました。先のことなんか心配しなかった。貧乏ってのも、楽しいものですよ。貧乏や不如意なことも案外いいものよ。

工藤　なんか、貧しいのに楽しそう。『九十歳。何がめでたい』の結論が出ましたね。（笑）

（92歳・二〇一六年九月十三日号）

くどう　みよこ……一九五〇年東京都生まれ。九一年『工藤写真館の昭和』で第十三回講談社ノンフィクション賞を受賞。『快楽一路』『悪名の棺』『皇后の真実』『凡人の怪談』など、著書多数。

書いてわかりたい。あるのはその欲求だけ

聞き手　工藤美代子　ノンフィクション作家

血も涙もなくなった?

工藤　先生、先日歯の手術をなさったそうですね。

佐藤　入院しなきゃならないほど厄介な抜歯でしてね。看護師さんから「術後は出血がひどいから、ティッシュは一箱用意しておくように」と言われたんだけど、一滴も出なかったの。九十にもなったら、もう血も涙もなくなるのね。

工藤　そんなことありませんでしょ(笑)。手術が終わってすぐに退院なさったから、やっぱり先生はすごいと思いました。書くという作業はかなりの肉体労働ですから。いまでも毎日お書きになるんですか?

佐藤　一日に三時間くらいですかね。

工藤　三時間も書くんですか、すごいですね……。

佐藤　若いときは、昼は五時間、あと夜の部がありましたからね。いまはもうダメです。すべて衰えました。

工藤　以前、先生は「私、書くことに対してしつこいのよ」とおっしゃっていましたね。対談などのお仕事をご一緒させていただきましたが、先生は本当に何度も手直しされる。

佐藤　この表現で、自分の思っていることが正確に伝わるかどうか、表現できているかどうか。私にはそれが一番の問題なんですよ。

工藤　その姿勢に感動しました。

佐藤　昔は頭にバーッと文章が浮かんで、書く手が追いつかないという時期がありました。でもいまは、出てくることは出てくるけど、読み返すと気に入らない。書き直して翌日読むと、また気に入らない。原稿の書き損じが山のようになるんです。

工藤　その書き損じも、頭の中に入っていらっしゃるのですね。

佐藤　ええ。「一週間前に書いたもののほうがよかった」と、山のような書き損じのなかから探したり。

工藤　そこまでこだわりぬいていらっしゃるのですね。朝起きて、まず頭に浮かぶのは原稿のことですか？

佐藤　その日にすること、書くことをまず考えます。

工藤　そこのところが私のような凡人と違うところです。毎日それだけ長時間お書きになると、お疲れになりますでしょう。

佐藤　そりゃあ疲れますよ。肩はこるし。でも私は、昼寝はあんまりしない性質で。書き終えたら何してるのかな。たいてい夕方近いから、夕御飯の支度かしら。クラシックやビートルズなんか聴きながら。

工藤　お食事は自分で作られるとか。

佐藤　気晴らしになりますね。大げさに言うと、料理もクリエイティブな作業でしょう。ないものを作り出す喜びもあるし、わりと好きです。

工藤　どんなものをお作りになるんですか？

佐藤　たいしたものじゃない。いわゆるお惣菜ですよ。ホワイトソースを作るのはわりあい好きでね。シチューとかクリームコロッケとか作ることもあります。

工藤　ソースからご自分でお作りになるんですか？

佐藤　昔は自分で作るしかなかったんですよ。だけどこの頃は、作ってもたくさん食べられないから、二階の娘世帯にムリに食べさせる。

小説を書くことは己を語ること

工藤　ところで、「もういやだ、書くのをやめよう」と思ったことは？

佐藤　書くことをやめたら、ほかにすることがないんだもの。することというより、出来ることがない。

工藤　先生はいま、死後の世界を題材にしたノンフィクションをお書きになっているとか。

佐藤　いやぁ、ノンフィクションを書くってのは、つらい作業だとつくづく思いましたよ。小説はフィクションなんで、いくらでもごまかせる。だけどノンフィクションは、事実を勝手に変えるわけにいかないですから。ノンフィクションが専門の工藤さんはほんとに大変だと思いますよ。

工藤　ノンフィクションは客観的事実が一番強いですけど、いまお書きになっているテーマが難しすぎるのだと思います。誰も知らない、死後のことを書こうとなさっているのですから。

佐藤　工藤さんは、対象を徹底的に摑み取ろうとする姿勢がありますね。

工藤　上坂冬子さんがおっしゃっていたのですが、ノンフィクションというのは、取材相手に口を開かせるのが勝負です。だからなんとしても、相手に食らいつく。

佐藤　誰でも出来るってものじゃない。小説は誰でも書けるけど。

工藤　たまたま第一級の資料に触れられる幸運な立場にいても、小説は筆力がないので書けそうにないと知っています。事実をもとにノンフィクションできちんと残せたら嬉しいです。書くことでたとえ自分が嫌な思いをすることがあっても、活字にして残しておかないと歴史に流されてしまうのが恐くて……。

佐藤　ノンフィクションに己はいないのね。そこがフィクションとの一番の違い。例えば西郷隆盛の小説を書くとしたら、その作家は西郷隆盛を書くことによって、結局は己を語っている。それが小説なんですよ。

工藤　先生は長い作家生活で、ご自身を振り回した元夫・田畑麦彦のことを何度も書いておられますね。『戦いすんで日が暮れて』には、夫への怒りが溢れていました。でも、人生最後の小説と位置づけて書き上げられた『晩鐘』では、同じ夫を書くにしてもトーンが違います。怒りの感情はあまり見られませんでした。

佐藤　そりゃあ人間は成長しますもの。『戦いすんで日が暮れて』は四十三歳で書いたものですが、『晩鐘』は九十近くになって書いたわけですから。

工藤　それは成長というふうに感じておられる？

佐藤　ええ。若いころは人を見る目が現象的ですから。思い込みも強いですし。年をとると人の気持ちも見えてくるし、自分を客観視できるようになりますからね。

文体とは呼吸である

工藤　私は先生の元夫をなかなか理解できなかったのですが、でも彼は人から愛された。彼のためにお金を出す人がいたのはなぜでしょう？

佐藤　彼は他人の批判は一切しない、とても寛容な男でした。何でも許す。だから、らくな人だったんです。安心を人に与えるというか。私などもその安心感に心を許したのね。ところが、そのうちその安心につけこんで人を騙すようになっていった。事業に行き詰まって、寛容な詐欺師になっていったのね。そこがややこしいところなんです。

工藤　ハンサムだったんですか？

佐藤　いや、普通でしたよ。

工藤　先生は、なぜご一緒になられたのでしょう？

佐藤　もともと私は文学が好きでものを書き始めたわけじゃないから、小説の書き方なんてわからなかったんです。それで彼からいろいろと教えてもらったんですよ。そういう点で、私にとって必要な男だったのね。書いたものをどんなにけなされても、田畑が褒めてくれればそれでいい。そういう時期があったんです。作家になれたのは田畑のおかげ。だから、借金を肩代わりしたのも……。

工藤　鶴の恩返し、ですね。

佐藤　そういう気持ちがあったんですよ。小説を書き始めたころ、北原武夫さんに「まだ愛子さんには文体がないから」ってよくダメ出しされてね。でも、「田畑くんは文体がある」って。そのころは文体なんて言われてもわからなかったけれど。

工藤　私がカナダの大学に通っていたとき、英文学の先生が、「文体とはオリジナリティだ」と言っていました。自分にしか書けない文章だ、と。文体を作るというのは難しいことですが――。

佐藤　私はね、意識的に作るものじゃなくて、呼吸だと思うんですよね。書いて書いて、書いているうちに自然にできてくるもの。

工藤　呼吸ですか。それはおもしろい表現ですね。

佐藤　私は井伏鱒二さんをとっても尊敬していましてね。神様みたいに思っていたんです。

工藤　私も大好きです。『山椒魚』や『遙拝隊長』。

佐藤　私はああいう小説を書きたいと思っていました。だから最初は、井伏さんの文体を真似て書いていた時期があったんです。それから、三島由紀夫さんやヘミングウェイなど、自分の好きな作家の文体を真似して書く。飽きたら次の作家に移る。そうすると、いろんな文体が自分の中でミックスされて。

工藤　それがトレーニングになり、作家としての〝筋肉〟がついて、佐藤先生にしか書けない文体というのができたのですね。女流作家で影響を受けた方はいらっしゃいますか？

佐藤　イギリスのヴァージニア・ウルフ。あの人には影響を受けましたねぇ。私の小説って、説明がないんです。『晩鐘』のときも、元夫の言動を綴るだけで、そこに対する作家の解釈は書かないように努力した。あれはウルフの影響ですね。

工藤　小説というのは、説明されるんじゃなくて、有無を言わさず読者を引っ張り込んでくれないと。確かに『晩鐘』を読んでいると、目の前で登場人物が立ち上がって、物語のなかに引きずり込まれます。

書きたいから書いてきた

工藤　同世代を生きた作家さんは、どんどんお亡くなりになっていますね。いま、先生と同世代の方は瀬戸内寂聴先生と……。

佐藤　あと、津村節子さんね。

工藤　同時代を駆け抜けた方がいなくなるなかで、ご自身の作品を残さなければいけない、という焦りはございますか？

佐藤　ないですね。だいたい私なんて、たいした作家じゃないですから。偉い作家さんが亡くなって、ところてん式に上がってきただけです。残そうっていう、そんなおこがましいことは考えない。

工藤　そんなことはございません（笑）。ものを書く方は、どなたもそうだと思うんですが、「自分がいいものを書いた」ということはなかなかわからない部分ですよね。

佐藤　いまでもわからないですよ、いいものってどんなものか。私は自分が書きたいと思ったことが書けたか、正確に書けたか、それだけです。

工藤　心ゆくまで書けたか、ということはあると思うのですが、ひと様にお金を出して買っていただけるものなのかどうか、という不安はおありですか？

佐藤　そんなもの、ひと様は勝手に買っているわけだから、私はどうってことない。まんじゅう屋じゃないんだから。まんじゅうは売れ残ると困るけれど、小説のモトデは原稿用紙とペンだけだから、たいして困りません。困るのは出版社だけだから。

工藤　（笑）さすがですね。私はまだその領域には達せませんが。一方で、読者が何を求めているかを考えながら書く作家もいますね。

佐藤　私は、書きたいから、私にとって書く必要があるから書いているだけなんでねぇ。読んでくれる人がいると、「あぁ、ありがたい」と思うけれど、読まれないからといって失望したりはしない。

工藤　『晩鐘』や佐藤家の血筋について描いた『血脈』などで、夫や家族、ご自身のことをさらけ出してこられましたが、そこに戸惑いはなかったのですか？

佐藤　あるのは「書きたい」という、作家としての欲求です。佐藤家の荒ぶる血をどう考えるか。それは一人一人を書くことでわかるだろう、わかりたいと思う。それだけです。

工藤　でも先生、これほどの作品を書くまでには時間がかかったと思います。『晩鐘』は、元夫との関係を描いたとはいえ、もう「男と女」の話ではないんですよね。

佐藤　そう。描いたのは「人間というもの」なんです。

工藤　私の母は大正十一年生まれでしたけれど、大正時代の人にはその後の世代とはちょっと違う男女観があるように思うんです。愛情なんてまったくなくなっても、別れた夫と街で偶然会えば、「あの人、いまどうしているのかな」というくらいのことは思う。けれども、それは躓《つまず》いた石コロと同じだっていうんです、その程度だと。躓いたら、思わず石を見るでしょう。先生は『晩鐘』で、「あぁ、彼（田畑）は死んだのか」という描き方をしておられましたが、そのさばさばした感じから大正生まれの強さが見えます。私ごとで恐縮ですが、母が私の父のことをいつも突き放して見ていましたから。

佐藤　夫だと思うと腹が立つ。他人だと腹は立たないでしょう。夫としてでなく、一人の人間として見るようになったのでね。すると、愛欲や損得を超越した地点に立てるんです。この小説は、そこにやっと立てたと思ったので書いたんです。

工藤　たぶん、彼のことを怒ったり、憎んだりする時期は終わって。「あぁ、この人のためにえらい人生だった」と、つくづく思っていらっしゃる。人生の終わりには、こういう気持ちになるんだと思いました。佐藤愛子の文学には、その心髄が描かれているんです。

佐藤　夫のことを何回も書きましたけど、結局、何回書いてもわからないんですよ。けれど、人間を理解しようとしたってわからないのが当たり前なんです。自分自身のことだってわからないわけですから。「彼はかく生きた」という事実があるだけで、そこには良いも悪いもないんですよ。そういうもんです。お疲れさまでした、というような気持ち。

（93歳・二〇一七年七月二十五日号）

九十五歳。死ぬのがイヤでなくなった

――新しい年を迎えて、どのような感慨をいだかれましたか。

九十五年も生きてきましたからね。お正月なんて飽き飽きしてる。おせち料理もつくりません。だいたいおせち料理なんて、うまくも何ともないですからね。服は着慣れた普段着のまま。新年だからといって特別な感慨などないですねえ。お正月が嬉しいのはだいたい十二、三歳までですよ。

このところめっきり耳が遠くなりました。何度も聞き返すのも失礼だし、めんどくさいから、聞こえなくてもわかったような顔をして聞いている。だけど、疲れるんですよね。相手が笑えば「ここは笑うところなんだな」と、一緒になって

笑ったりしてね。

目は、三十分も読書をすると涙が出てきて読めなくなる。テレビもそう長く観てはいけないと眼医者さんにいわれてます。だから原稿を書くなんて、もうまったく不可能ですよ。

しかたなく足腰でも鍛えようかと、ポストまで手紙を出しに行くんだけれど、十メートルも歩くと息切れして、心臓がおかしくなるんですよ。まったく、何もできない。達者なのは口だけです。

――お身体の衰えを感じはじめたのはいつごろからでしょう。

昨年からです。『九十歳。何がめでたい』がなぜかミリオンセラーになったので、毎日のようにインタビューを受けなければならなくなりましてね。四十代で直木賞を受賞した後と同じくらい忙しい日々を九十五の婆さんが過ごしたんですから、身体にこないほうがおかしいいんですよ。秘書とか、気の利いた身内でもいればば断れるんだけれど、私は何もかも自分でやっているもので、居留守も使えない。熱心に頼まれると、その熱意に影響されて、ヘトヘトになっていてもできそうな気がして引き受けてしまうんです。心臓の具合が悪くて検査騒ぎになったんだけど、要するにストレスが原因ということで、東京にいるといけないといわれて、まる二ヵ月、北海道で隠遁生活に入りましてね。それでいくらか恢復して帰ってきたんですけど、しかし老化は治りませんねえ。

今まで私は人にストレスを与えるほうであって、ストレスを受けることなどあるまいと思っていたんですけどね。「これがストレスなのか」と初めて知りましたよ。

——九十五歳になられた今の楽しみがあれば、教えてください。

この歳になるともう、楽しいことなどないんですよ。楽しむエネルギーがありません。

幸せな老後というと、人はおいしいものを食べたり、物見遊山に出かけたり、などと想像されるんじゃないですか。ですけど、かつておいしいと喜んで食べていたものでも、今では「こんな味だったたか」と落胆することが多い。おいしいと思わないのは、食材の質が落ちたのか、私の味覚が劣化したのか、よくわからないんですよ。

よく婦人雑誌なんかで、歳をとっても楽しく暮らす極意とか、老け込まずに恋愛せよとかセックスしろなどとハッパをかけているのを見かけるけど、簡単にいうな、といいたいのね。だいたいその気になっても、相手はたいてい逃げるからね。

――長生きされて、よかったことは何でしょうか。

身体は劣化するし、それにつれて精神力も衰えるし、楽しいことって何にもないし、存在している意味がないんですよね。第一、時代のありようがすっかり変わってしまいましたからね。どう変わったかって？　いうのもめんどくさいですよ。かつての美徳は今は美徳じゃなくなってる。絶望するよりも呆気にとられて、何をいう気もなくなっています。

たとえばね、保育園が隣の空き地にできるというので、反対して怒っている人がいる。子どもの騒ぐ声がうるさいというんですね。私なんかあの声を聞くと、ああ元気で育ってるんだなあ、ってね。未来へ向かって駆けのぼっていく力を感じて嬉しくなるんだけど、それがうるさいという。

うるさいと感じるのがけしからんというんじゃないですよ。昔はね、そう感じてもガマンして、口に出して文句なんかいわなかった。それがいかに自己中心のいい分かを知ってましたからね。陰で文句をいってた程度です。生きるとはそういうことだとわかってましたからね。いろんな不如意や不平不満があるのが、世の中を生きるということだ。そんなことくらい、誰だってわかってましたよ。

つまり今の世の中の価値観と私は合わなくなってしまったってことですよ。何をいっても、年寄りの繰り言になってしまう。この世でするべきことはもう何もないんです。十分生き抜きました。今は死なないから生きてるだけですよ。

長生きしてよかったと思うことがあるかって？　探すとひとつありましたね。死ぬことがイヤでなくなったってことですよ。といって死にたいと願うわけじゃない。東京にいてもつまらないから田舎へ行こうか、っていうような、そんな気持ちです。これはよくいえば達観といえませんか？　それともヤケクソ？

——人生は誰にとっても一日一日と死に向かっていくものだといえますが、これからの日々をどのようにお過ごしになりますか。

私にはもう、したいことは何もありません。欲しいというものもなくなってきている。「ああ、順調に涸れていってるな」と思います。

若いときは、ある程度強い欲望がないと人間は進歩しませんね。それがエネルギーになる。だけど、歳をとって社会生活から離れた後は、なるべく欲望はないほうがいいんですよ。欲望や情念を抑えて、心も体も枯れ木のようになっていく。

それが私の理想的な死ですね。

（95歳・二〇一九年一月二十二日号）

物書き人生と理想の最期

対談●橋田壽賀子　脚本家

I　死生観をめぐって

死ぬときに苦しいのは当たり前

橋田　初めてお会いしたのは確か、ドラマの賞の選考委員として——。

佐藤　あれは、ノンフィクションの賞じゃなかったかしら（編集部注・一九八〇～九九年に公募された「読売ヒューマン・ドキュメンタリー大賞」。受賞作品はドラマ化が約束されていた）。ともかくそれでご一緒したのがご縁でしたね。

橋田　以来、ずっとお目にかかっていなかったから、一度親しくおしゃべりしたいと思ってたんです。

佐藤　橋田さんが今年になって週刊誌に書かれていたのを拝読しましたよ。豪華客船の旅の最中に九死に一生を得たことと、安楽死についての記事です。

橋田　ああ、安楽死については、前まえから言っているんですよ。死ぬのはまったく怖くないけれど、どう死ぬのかが怖くってねえ。

佐藤　でもあれを拝見すると、とても楽天的にお書きになっていて。お人柄がわかって、面白かったわ。

橋田　世界一周の船旅の最中、バケツに半分くらい下血しちゃって。最寄りの国の病院でひたすら輸血。もうやめてと言っても、言葉が通じないからか、聞いてくれないんですよ。結局、日本からお医者様が来てくださって、飛行機で搬送されました。麻酔を打たれて気づいたら日本の病院のベッドの上。(笑)

佐藤　そんなことになったら、私なんか、神経がまいってしまいそう。

橋田　私だってまいってましたよ。でもね、飛行機で麻酔をされた後は、痛みがなくなり、記憶もまったくない。それがよくってね。あんなふうにすーっとそのまま死ねたらいいなあって。

佐藤　いやあ、橋田さんは強いですね。なかなか死にそうにないわ。(笑)

橋田　日本の病院で調べたら、下血の原因はご馳走を食べ過ぎたために吐いてヘルニアが破れたこと。つまりケガですね。だから治療したら治っちゃった。佐藤さんはお元気でいらっしゃるんでしょう。

佐藤　不整脈などはありますよ。一昨年に仕事が重なった疲れが出て、昨年はずっと養生していました。

橋田　私も不整脈で毎月毎月、検査されてるの。安楽死したいのにどうして毎月検査するのかって、みんなに笑われながら(笑)。今もほら、ニトロを持ち歩いていて。

佐藤　あら、本当だ。

橋田　十年間持っているんです。いざという時に飲めるように。

佐藤　安楽死したいとおっしゃるけど、発作が起きた時にそのまま死にたいとは思わないの？

橋田　いや、苦しいのは嫌だから。

佐藤　私はね、死ぬ時に苦しいのは当たり前なんじゃないかと思うんですよ。何だって、命がなくなるってことは、そう簡単なことじゃないんだから。「安らかに亡くなりました」なんてよく聞くけど、看病人にはそう見えても、死んでいく身はどうなのか、誰にもわからないでしょう？　だから、私は覚悟を決めてるの。なるようになる。いっときの我慢でやがてはラクになるんだから。そう思って耐えるしかないと思ってるの。

橋田　心臓がパッと止まってくれればいいんだけどね。苦しい思いをするのが怖いんです。この間、死にかけた時もしんどかったし。

佐藤　橋田さんは「人に迷惑をかけるのが嫌だ」って、書いてらしたでしょう。だけど私は、それはもうしょうがないと思うんです。安楽死だってそれなりに迷惑はかかりますよ。

橋田　何より、最後に長く寝ついて人の手を煩わせるのが嫌でね。オムツを替えてもらうとか。

佐藤　そりゃあ嫌だけど、しょうがないわ。感謝して迷惑をかけさせてもらうしか。オムツを替えてもらうことだけじゃない。生きてるってこと自体、人間は迷惑をかけたりかけられたりしてるんだもの。私なんかワガママ者だから、よけいにそう思うのよ。

橋田　だとしたら、もうこれ以上迷惑をかけずにすませたいなあ。これまで十分書いてきたし、心配する人もいないから、思い残すことはない。今、安楽死させてくれるって言われたら、「ありがとうございます」です。(笑)

九十歳以上になったら希望を聞いてほしい

佐藤　橋田さんは、豪華客船の旅だとか、楽しいことがおありでしょう？

橋田　ええ。

佐藤　ご馳走もお好き？

橋田　美味しい物は食べたい。

佐藤　そりゃあ、まだ死ねませんよ。いろいろな欲望がなくなっていかないとね、死ねない。私みたいに、年齢とともに欲望が涸れてくると、何をやっても楽しくなくなってくるんです。そうなると死神が迎えに来るかもしれない。でもこの世を楽しめている人にお迎えは来ないですよ。

橋田　ああ、私も今すぐに死にたいわけではないんです。ただ、死ぬ時に痛いのが怖くって。だから死ぬ時は、安楽死で。

佐藤　確かに、死ぬ時は安らかに死にたいものよね。でもそれはいつなの？　今はまだ死にたくなってはいないんでしょ？

橋田　自分の足で歩けなくなったら。だからそうならないように、週に三回トレーニングにも行っていて。矛盾だらけって言われますけれど。

佐藤　死にたくなる時が来ないように来ないようにしながら、安楽死を夢見ているの？　乙女がいつか王子様がお迎えに来るのを夢見るように。

橋田　死ぬ日まで元気でいたいというだけなの。ずっと元気でいて、ことっと死にたい。贅沢ですかね。

佐藤　そりゃ贅沢だわ（笑）。人生の最後なんて神のみぞ知る、ですよ。

橋田　じゃ、たとえばね、九十歳以上になったら「こうなった時は死にたい」という希望を聞いてもらえるというのはどうでしょう？　遺言じゃないけど、痛くないように死なせてくださいって書いておくの。

佐藤　「痛い」ってのは独特の表現ね。面白い人ね、橋田さんは。第一、そんなこと引き受けるお医者さんがいると思う？　「明日死なせてください」と頼んでも、明日になったら気が変わっているかもしれないし。「今日はやめます」なんて言えば、ふざけんなと怒られる。（笑）

橋田　この希望はずっと変わらないんだけどねえ。体が動けなくなって人に寝返りをうたせてもらわなくちゃいけなくなったら、その時点で死なせてほしい。きっと今からお医者さんを手なずけておかなきゃダメだな。（笑）

佐藤　そんなお医者さんを探すのは難しいわね。

橋田　お医者さんの間で「あいつの所へは行くな。死ぬのをねだられるぞ」って言われたりして。

佐藤　やっぱり、橋田さんの気持ちを理解してくれるほど、うんと深い愛情の持ち主か、そうでなければ冷たい合理主義者か。でないとやってもらえないでしょうね。だからまず、献身的なお医者さんの恋人を探さなくちゃ。

橋田　恋人なんて面倒くさい。亡くなった亭主だけで十分、面倒くさかったんですから。

死後の世界をどう考えるか

佐藤　いやあ面白い。なんだか漫才のボケとツッコミみたいなやりとりね。ところで橋田さんは、死んだ後のことは考えないんですか。

橋田　私は全然、死んだ後のことは考えませんね。死んだら無だと思っている。佐藤さんは『冥界からの電話』という本をお書きになったけど、世の中に不思議なことはあると私も思うんですよ。知人に不思議な体質の人がいるんです。その人が知るはずもない亡くなった私の知人の名前を言って、「今、誰それがあなたのそばに来ています」なんて言う。

佐藤　じゃあ橋田さんも、肉体が滅びても魂が残るというのはお認めになるのね？

橋田　うーん。家にいて、亡くなった主人の気配を感じることはありますよ。二階で仕事をしている時に「ああ今、下にいるな」とか。でも、それはきっと思い出でしょうね。

佐藤　じゃあ輪廻転生というのは？

橋田　ないと思っています。死んだらおさらば。それでおしまい。

佐藤　私は四十年ほど前に北海道に建てた別荘でいろんな心霊現象を経験しましてね。それまでは人の死後のことなんか考えたこともなかったんだけど、その経験のために霊能者をハシゴしたり、心霊に関する本を読んだりして。辿り着いたのが、「死は無ではない」ってこと。あくまで自分の経験から私なりに勉強してそう思うようになっただけで、これが真実だから信じなさいとは、橋田さんにもどなたにも言いませんよ。経験しない人に強制はしません。

橋田　わかりました。じゃあ、そのつもりで。

佐藤　遠藤周作さんが生前私にこう言ったの。「佐藤くん、君は死後の世界はあると思うか？」って。「あると思う」と私が言ったら、「じゃあ、君が先に死んだら、どうだったか教えに来てくれ。オレが先に死んだらユーレイになって伝えに来る」なんて言う。「遠藤さんのユーレイなんか来ていらん！」って答えたりしてたんだけど、何年かして遠藤さんが亡くなっちゃったのね。そうしたらある夜、霊能者の江原啓之さんと電話で話してた時に、江原さんの目には私のいる部屋に遠藤さんの姿が見えて、こう言っているというのよ、「佐藤くん、死後の世界はあったよ。だいたい君が言っていたのと同じような世界が」って。遠藤さんは約束を守って報告に来てくれたんです。これは事実ですよ。私には霊能はないからその姿は見えなかったけれど、江原さんは想念でやりとりしたんでしょうね。

橋田　なるほど、面白いねえ。私も死んだ主人が今もなんだか守ってくれているっていうのは感じるんです。六十歳で亡くなって、三十年間ずっと、お尻ひっぱたいて「書け」って言っているような……。だからきっと何かあるんでしょうね。

佐藤　橋田さんのことが気になって、この世に想念が残っているのかもしれないわね。

「天国へ行く」ために手放すべきもの

橋田　じゃあ死んだ後、人はどうなるんでしょう？

佐藤　証拠があるものじゃないから、これが間違いない事実だとは言い切れないし、霊能者によって細部はそれぞれ違う意見があるけれど、ずっと語り継がれているひとつの考え方ですよ。人間は肉体と魂のふたつで成り立っていて、死んだら肉体は灰になるけれど、魂は残って三次元のこの世から四次元の世界へ行く。魂には生きている時の波動というものがあって、その波動が高いか低いかによって四次元世界での行き先が決まるということです。波動が高ければ、魂は高い霊界へ行くの。

橋田　高い霊界って何ですか？

佐藤　四次元世界っていうのは、大雑把にいうと、幽現界、幽界、霊界というふうに縦割りになっていて、まず死んだら行くのが幽現界。その上に幽界、霊界とあって、さらに上には神界があるそうですよ。魂の持っている波動によって霊界へと上っていく魂もあれば、いつまでも幽界にとどまっている魂もある。そうそう、幽界の下には地獄もあるんです。

橋田　私は地獄へ行きそうだな（笑）。これまで、ちっともいいことをしてこなかったから。

佐藤　自殺した人はね、みんな地獄へ行くと言われています。神様からいただいた命を自分の勝手で絶ったわけだから。

橋田　怖いなあ。

佐藤　怖いのよ。（笑）

橋田　じゃ、地獄に落ちないためには、どうすればいいんでしょう。

佐藤　わかりやすく言うとしたら、恨みつらみや強い心残り、物質的な欲望とか、強い執着や情念なんてものを持たないようにすること。そういったものは波動を下げるから。そして一番大切なのは、感謝の気持ちだと言われていますね。私は怒りん坊だから危ないかも。（笑）

橋田　私の情念は残らないですよ。恨む人もいないし、好きな人もいない。あとに残るものは全部、橋田文化財団に寄付することになっているので、後腐れもない。もしこれが遺産相続でもめるってことになるんなら、まだ死ねませんけど。死んだら、本当に何もないというのが一番の理想で、そのための準備もしてあります。

佐藤　だからいいのよ、橋田さんは。死を迎えるのに理想的な心の状態なのでしょう。そこへ行くと小説家は危ないわね。小説は、情念がなければ書けないから。

橋田　面白いねえ。伺っていると死後の世界があるかもしれないって思えてきちゃった。

佐藤　大丈夫、橋田さんは天国にいらっしゃるわ。あなたはほんと、無邪気でまっすぐな方だから。

橋田　見ててくださいね。とうとうあの人安楽死で逝っちゃったわ、っておっしゃるかもしれない。（笑）

塩分控えめにと医者には言われるけれど

橋田　佐藤さんはお友達がいっぱいいらっしゃるんでしょう。
佐藤　もう、みんな死んじゃうんですよ。たとえば、中山あい子なんて本当に親しかったから、今でも何か面白いことがあるたびに、彼女にこれ話したら喜ぶだろうなって思うけれど。そういう一緒に笑う友達っていうのが、本当にもういないんです。
橋田　なるほどねえ。私はそんな友達は、もともといませんね。
佐藤　寂しくはないの？
橋田　全然、寂しくないです。ずっと狭い仕事上の人間関係の中で、気を遣ってきたから。友達がいないのが、爽やかでよかった。今は仕事は減らしていて、年に一度、世界一周旅行のお船に乗るんですが、船の上ではひとりでいても友達ができるんです。
佐藤　私は偏屈なのかなあ。初めて会った人と、そう仲良くはなれないですよ。
橋田　面白いですよ。無責任な付き合いですから。
佐藤　気心が知れていないと、何かと面倒くさいですよ。
橋田　いや、気心が知れていないから面白いんですよ。知れていたら、気を遣わなくちゃならない。
佐藤　あら、私と橋田さんは、まったく反対だわ。
橋田　佐藤さんは、お嬢さんとお孫さんと一緒に住んでいらっしゃるんでしょう。
佐藤　二世帯住宅で上と下に分かれていて、一緒に暮らしてはいないの。
橋田　お炊事なんかは？
佐藤　自分でやります。
橋田　わあ、偉いわ。私はまったくやらない。主人がいた間はちゃんと三食作りましたけど、ひとりになった今はもう絶対に嫌ですね。お手伝いさんにお任せ。

佐藤　私、料理はわりと好きなんです。一日中、書いてるでしょう。
橋田　ああ、気分転換に。
佐藤　そう。料理はクリエイティブな面があるから。それに私は気に入らないことが多い人間だから、自分の好きなように作りたいのよ。橋田さんはお手伝いさんに、食事について希望を伝えていらっしゃるの？
橋田　なんにも言いません。ちゃんと献立が何々って書いてあって。健康のため、塩分控えめに。
佐藤　塩分控えめにとお医者さんに言われているけど、無視してます。
橋田　私も自分でお塩をかけちゃう（笑）。だめですね。
佐藤　栄養剤なんかも飲まないし、心臓と血圧の薬だけね。血圧は朝晩はかってグラフをつくり、医者に持っていかなきゃならないの。
橋田　私もはかってます。今朝は、百四十三でした。
佐藤　私なんか百四十三だったら普通ですよ。今日なんか百六十あったわ。
橋田　そんなに高くなったことはないなあ（笑）。でも高い時のほうが元気なもの。

佐藤　そうね。低いと気分が悪い。橋田さんはおひとり暮らし？

橋田　ええ。今は年に一作書くだけなんですが、お手伝いさんだけは人件費を惜しまず、五人に交代で来てもらっています。午前中に家事や炊事をやってもらって、午後からはひとりきり。テレビを観たり仕事をしたり。

佐藤　ひとりでいると、電話が鳴ったり、宅配便が来たりするでしょう。

橋田　宅配便は午前中の、お手伝いさんがいるうちを指定して。午後は電話が鳴ってもほとんど出ないの。

佐藤　私はね、電話が鳴ってると、走って出るんですよ。

橋田　ええっ！

佐藤　鳴っているってことは、呼ばれているってことでしょう。それを無視することができないんです。お手伝いさんが出てくれても、結局私のところへ持ってくるわけだし、最初から自分で取ったほうが早い。

橋田　私なんて、たまに出ても、変な人からだったら、（声色を変えて）「すいま

せん、ただ今留守にしています」ですよ。（笑）

脚本を書くのは小説を書くよりもラク？

佐藤　大昔だけど、橋田さんに私のユーモア小説を脚色してもらったことがあったでしょう。大傑作でしたね、あれは。でも、原作があるものは難しいのでしょうね。

橋田　あのね、ドラマは失敗すると脚本家の責任なんです。で、成功すると原作の力と言われる。あと俳優さんね。

佐藤　そうかしら。私は、とにもかくにも脚本だと思ってるんですけど。俳優が生きるも死ぬも、脚本で決まるんじゃないんですか？

橋田　出来が悪かったら、脚色が悪いせいだと言われるんです。嫌な商売ですね（笑）。でも小説を書くよりはラクですし、私は好きですよ。

佐藤　ラクですか？　小説なら地の文で説明できるけど、脚本は説明をせず観る人にわからせなくちゃならないでしょう？　それにドラマは時間の制約もある。

橋田　そんなのはもう簡単です。どっか削ればいいんですよ。長くしたければ、何かくっつければいい。

佐藤　どうしてもこれを言わせたい、っていうのは？

橋田　そういうところは残して、あとは切ってもらうの。いっぱい書いておけば、誰かスタッフがいらないところを消してくれますから。（笑）

佐藤　みんなの力で一つの作品を作るわけだから。自分ひとりで頑張るのとは違うのかもしれませんね。

橋田　脚本と小説じゃ、商売が違いますね。やっぱり純粋ですよ、ひとりでできるお仕事は。脚本はいろんな人と付き合って制約がいっぱいあるなかで、自分を少しずつ出していく仕事ですから。だからね、「もうどうでもいいや！」と割り切ってるところもあるの。放送後にけなされると、ちょっと苦しい思いもしますけど。

佐藤　自分はこういう芝居をしてもらいたいのにって、舌打ちしたくなるような時もあるんじゃないですか。

橋田　それはないですね。

佐藤　ないの？

橋田　この人こんなふうに演《や》って、面白いなって（笑）。同じセリフでも俳優さんによって、立ち上がりがぜんぜん違うんです。『おしん』は、小林綾子でなければだめだった。『渡る世間は鬼ばかり』でも、俳優さんによって違う、これが面白いんです。小説だったらそうはならないですよね。

佐藤　どっちかっていったら、小説は自分のために書くようなところがあるわね。読者を喜ばせるために書くという作家もいるかもしれないけれど、私はそうじゃないですね。

橋田　テレビの現場は長年、男の人たちが威張ってて悔しい思いもしたけれど、闘ってきたのが全部肥やしになって、ドラマが書けた。今は誰も恨んでいません。（笑）

男がいなかった戦時下はひとりで生きるしかなかった

佐藤　橋田さんは、生きていくのにジタバタあがいたってことはあまりないのでしょう？　男に裏切られたとか、人間関係のもつれとか。

橋田　ああ、それはないですね。男の人は主人しか知らないくらいで、恋もしたことがないし。

佐藤　それでもいろんな話をお書きになって。

橋田　それは……願望です。

佐藤　やっぱり想像力ですね。私はね、物書きっていうのは、喜怒哀楽のいろんな体験が多ければ多いほどいいというふうに考えているの。だけど、それがそうは多くなくてドラマが書けるっていうのが、すごいわね。

橋田　恋愛物はあまり書きませんよ。

佐藤　人間模様は書いてらっしゃるじゃない。

橋田　それは、姑もいたし、主婦としてはちゃんと主人の世話をしてたから。書くうえで一番参考になったのは「ひととき」っていう新聞の読者の投書。あれがとても勉強になりました。

佐藤　書くことはお好きだったの？

橋田　はい。いえ……うーん。だんだん好きになってきたかな。最初はお金がほしかったんです。両親から勘当されて。

佐藤　何で勘当に？

橋田　女子大を出たらお婿さん候補がいたんです。父が研究者で、その助手と結婚することになっていて。それが嫌で早稲田に入り直して、両親と離れて自立してました。

佐藤　あら、そうだったの。

橋田　もともと女子大に行くのも反対されて、大阪の専門学校に行けって言われてたのを押し切ったの。ほら、戦時中は学校にでも行ってないと、徴用されましたよね。

佐藤　ええ、私も徴用があったから最初の結婚をしたようなもの。

橋田　そうでしょう。でも結局、女子大が閉鎖されて、徴用で大阪の海軍経理部ってところに行き、特攻隊に行く人の切符ばかり書いていた。この人、死ぬんだなってわかるのね。かわいそうでしたよ。本土決戦になったら、みんな死ぬはずだったんですよね、命は国のものだから。米軍が上陸してきたら、壇ノ浦の平家みたいに、私も海に身を投げて死ぬんだと思ってた。

佐藤　どこだったかしら、断崖から女の人が海に飛び込む写真が新聞に出たの、覚えていませんか？

橋田　あれは、サイパンですよ。飛び込む途中を写したものですよね。

佐藤　うん、落ちていくところを。米兵が来るから自決したわけでしょう。女の人たちが。

橋田　本当に驚きましたね。

佐藤　あの時、父（作家の佐藤紅緑）が「今日の新聞は見るな」と言ってね。うら若き私がショックを受けるんじゃないかと思ったんですって。見たって別にショックを受けるような私じゃないんだけど。（笑）

橋田　あはは。戦争中は本当に男がいなくて、女たちは必死でした。それで、ひとりで生きなきゃって思ったのが良かったのかもしれない。男の人に頼らずに生きられるようになりました。

「嫁に行くより物書きになったほうがよかったんじゃないか」

佐藤　ずいぶんお若い頃から橋田さんのお名前を聞いていた気がしますけど、ずっと順調に仕事の依頼が来ていたんじゃないですか。

橋田　順調ではなかったですよ。三年ほどは仕事がなくて、少女小説を書いて食べていました。世に出られたのは三十六歳くらい。それまでは、売り込んで売り込んで。四十一歳で結婚して、生活の心配がなくなってやっと、好きな物を書きたいって言えるようになったんです。結婚していなかったら、『おしん』は書けませんでした。

佐藤　私は直木賞をもらったのが、四十五歳の時。長い間、売れない小説を書いていたわけです。二十五の時から。

橋田　小説は大変ですよ。私には書けない。

佐藤　ほかにできることが何もなかったから、書き始めたんです。最初の夫が軍隊でモルヒネ中毒になったので、離婚して実家に戻りましてね。父はすでに亡く、母は相当心配したでしょうね。何の取り柄もない、のらくら娘が出戻ったわけですから。当時は戦争未亡人がいっぱいいたけれど、女性は縫い物とかお茶の先生とか、花嫁修業として身につけたものを上手に工夫して仕事にしていた。

橋田　あの頃はそうでした。でも私はそういったのは不得手でね。

佐藤　私もです。食べていくためにできることが何もないんですから、どうしたものか。その時、母に言われたんですよ。愛子は協調性がないから結婚は続かないし、勤めに出たって一週間でやめるにちがいない。でも、あんなに協調性のない父親の紅緑も、物書きだったらひとりでできるので、食べていけた。それならば愛子にもできるんじゃないか、と。

橋田　お母様、ご慧眼でしたね。

佐藤　しかも父が生前、「愛子は文才がある」と言っていたと聞かされましてね。

嫁ぎ先からグチや姑の悪口を面白おかしく手紙に書いて送ったのを読んだ父が、愛子は嫁に行くより物書きになったほうがよかったんじゃないかって。

橋田　ああ。書く才能はお父様譲り、ＤＮＡなんですね。

佐藤　できることがひとつしかない人間はそれにしがみつくよりありません。だから必死になるんですよ。今にして思えば、何の取り柄もない女の子にも、できることがひとつはあった。切羽つまると、思いがけない力が湧いてくるものです。そこに人生の面白さがありますね。

橋田　私も同じ。必死に書きました。それがよかったと思っています。

佐藤　でもね、私、本当に最初は文学のなんたるかも知らなくて。世界の文学を読み漁り、創作の同人雑誌に入った。そこでいろいろ教わったんです、二度目の亭主となる人にね。

橋田　そうだったんですか。それで再婚もされた。

佐藤　文学的にはよく勉強している人でしたよ。書くとはどういうことか、本質的なことまで考えている男でした。でも、うぬぼれが強いから、できると思って事業を始めても、結局は倒産したんです。

橋田　佐藤さんの『戦いすんで日が暮れて』はご主人の借金を背負い込んだ体験をもとに書かれたものでしょう。そんな経験がなければ、あの作品は書かれてなかったでしょうね。

佐藤　悔しいからあんまり言わないけど、あの人のおかげでプロになれたっていう恩義があるんです。借金を肩代わりする時もそのことを思ってね。当時はまだ直木賞は取っていなかったかな。でも芥川賞候補にはなっていたし、物書きとしてこのまま進んでいけばいいっていうところまではこぎ着けていた。彼のおかげだったと思っています。

物のない時代から今まで書き続けてこられたわけ

橋田　それにしても、本当によく生きてきたと思いますよ。戦争の中を生きて、物のない時を生きて、売れない時を生きて。それでも歳には勝てませんね。

佐藤　橋田さんは、私より歳下だからわからないでしょう。九十五を過ぎてごらんなさい。本当にね、元気は出ないし、頭がにぶくなる。昔だったら一日か二日あれば相当書けたものが、原稿用紙に向かっても言葉が出てこないんですよ。

橋田 ああ、それは私も同じ。でも、仕事の関係者からお誕生日祝いをいっぱいもらったりすると、「やっぱり、書かなきゃだめかな」って。それで年に一本は書くことに決めたんです。

佐藤 私はね、朝目が覚めた時に、ああ、今日はあれを書かなきゃとかね、今日は橋田さんとお話があるとか、仕事がらみのことがあると、ものすごく気分よく起きられるの。

橋田 そうかもしれませんね。仕事になるとシャンとしますもんね、楽しみだから。私は締切がない人生を長いこと待ちわびてましたけど、やっぱり締切との縁は切れませんね。でも、それが元気のもとだといわれると、そうかもしれない。

佐藤 結局、ふたりとも表現することが向いているのね。だからどれだけ苦しくても、やりたいわけですよ。そういうものと出会えて、それを一生の仕事にできたのは、幸せだったと思います。

橋田　はい。私も書くことはだんだん好きになりましたから。幸せです。終わりよければすべてよし。

佐藤　好きなことをして一生を終えるのが、人間にとって一番の幸福じゃないかしら。たとえどんなに苦しい思いをしたとしても。

（95歳・二〇一九年八月二十七日号／九月十日号）

はしだ　すがこ……一九二五年京城府（現在の韓国ソウル）生まれ。九歳で大阪府に戻る。松竹勤務を経て、五九年よりフリーの脚本家として活躍。『おしん』『春日局』『渡る世間は鬼ばかり』など数々のヒットドラマを手がけた。二〇一五年、文化功労者に選ばれる。二〇二〇年、文化勲章受章。二〇二一年死去。

文庫巻末対談

この歳になって初めて、自分のことがわかった

対談●五木寛之　作家

ハチローの歌は、なぜか記憶に残る

五木　大先輩にこういうことを申し上げるのは僭越ですが、佐藤さんの『気がつけば、終着駅』を拝読して、新しいものと古いものを両方一度に読めるというのはじつに面白い体験だと思いました。

佐藤　まぁ、嬉しい。一九六〇年代に書いたものから最近のものまで、いろいろ入っているんですよ。

五木　僕の友だちだった人の名前が、何人も出てくるんです。中山あい子さんとか。

佐藤　中山さんは大好きでした。お親しかったんですか？

五木　僕は『小説現代』の新人賞の第六回受賞者なんです。第一回受賞者が中山あい子さんでしたので、いろいろ親切にしていただいて。

佐藤　あぁ、そうだったんですね。

五木　月に一回、作家の集まりがあって、いろいろお話ししたり、食事をしたり。作家として、本当に面白い生き方をしている方で、現代の鴨長明みたいな方でしたね。

佐藤　あの人は、女丈夫《じょじょうふ》ですよ。人間が大きくてね、細かいことは気にしない。中山さんに死なれて、本当にがっかりしました。

五木　佐藤さんのご本が回想の入り口になり、僕自身の六〇年代を思い出したり。僕は若い頃、童謡の作詞の仕事をやっていましてね。当時の仲間に、童謡の詞を書いていた吉岡治さんという貧乏な詩人がいた。

佐藤　あぁ、吉岡さん！

五木　彼の一番の矜持は「僕はサトウハチローの弟子だ」ということでした。売れない童謡をせっせと書いていた人だったのに、美空ひばりの「真赤な太陽」で突然売れて。あれよあれよという間に歌謡曲の売れっ子作詞家に。石川さゆりの「天城越え」も吉岡さんですよね。

佐藤　兄のハチローは、吉岡さんは童謡を書くべきなのに流行歌を書き始めたって。そう言って破門にしたんですよ。

五木　へえ。それは知りませんでしたね。昔、吉岡さんに質素なアパートによんでもらって、奥さんに手料理をごちそうになったことなど思い出します。

佐藤　吉岡さんも、ハチローには苦労なさったでしょう。なにせ、わがままな人ですから。

五木　サトウハチローさんの作詞の歌は、なぜか記憶に残るんです。「星野貞志」の名前で書いた「うちの女房にゃ髭がある」。あれなんて、言ってみればウーマンリブの歌ですから。(笑)

佐藤　あら、五木さんがご存じとは思いませんでした。昭和初期の歌ですよね?

五木　子どもの頃、家で宴会があると、親父が茶碗叩きながら歌っていましたよ。

戦後すぐのハチロー作詞といえば「リンゴの唄」をあげる人が多いけれど、僕は藤山一郎が歌った「夢淡き東京」（古関裕而作曲）が一番好きだったなぁ。

佐藤　あれは、メロディがいいんじゃないですか？（笑）

作家・佐藤紅緑の「仕事のやめ時」は

五木　いやいや、歌詞もよかったです。当時僕は九州の田舎にいて、あの歌を歌いながら東京に憧れたものです。それと僕は子どもの頃、佐藤さんのお父さんの佐藤紅緑先生の作品をすごく愛読していたんですよ。

佐藤　まぁ！

五木　『あゝ玉杯に花うけて』とか『夾竹桃の花咲けば』などの少年小説を、小学生から中学生にかけて夢中で読んでいました。

佐藤　五木さん、そんな年代でいらっしゃいますかね。

五木　昭和七年生まれで、今八十八歳です。軍国主義の時代ですから、学校の先生は小説なんか読んではいけないと言っていました。でも佐藤紅緑だけは、いいだろう、と。飢えた子どもが水を飲むように、読みふけりましたね。今の子どもにとっての『鬼滅の刃』みたいなものかな。

佐藤　父はずっと講談社の『少年倶楽部』で連載をしていたのですが、編集者が父から原稿を受け取るたびに「今回もまことにすばらしいお原稿で」と絶賛の雨あられで、それが当たり前になっていたんですね。ところが編集長が代わったとたん、「今回はまことに困りました」という書き出しの手紙が来まして（笑）。書き直せと言うんです。父は自分は絶対だと思っている人だから、「なんだ、これはッ！」と怒り狂って。母はわりと冷静な人だったので、姉と私にその原稿を読ませましてね。

五木　おやおや。

佐藤　読んだら、話がパターン化している。私は十六、十七歳だったけどこれはアカンと思いました。姉に「面白くないね。前とおんなじ」と……。（笑）

五木　身内から言われると、こたえるからなあ。

佐藤　それで母が父に言ったんです。「もう、十分すぎるほど書いてこられたじゃありませんか。このへんで小説はやめてゆっくりなさっては。お好きだった俳句でも作って」と。父は六十六、六十七歳くらいでしたでしょうか。この前、父の日記を見ましたら「講談社、不遜なるをもって筆を絶つ」と書いてあるの。（笑）

五木　それはすごい、なるほど。（笑）

佐藤　それ以来、父はエッセイの類も一切書かなかったんです。だから私も「やめ時」については考えます。九十七歳。もう断筆したほうがいいんじゃないかと思うことがしばしばです。

五木　身につまされるなあ。（笑）

佐藤　ただね、書いていないと、ほかにすることがないんですよ。外に出るのはあまり好きではないし、家でじっと庭ばかり眺めていても、ろくなことを考えない。われわれの先輩の作家たちは、いつやめるかというのをどうやって見極めたのか。

五木　確かに、「やめ時」というのはあるよなあ。

佐藤　私、ある編集者に「昔の作家はどんなふうにやめたの?」と聞いたの。そうしたら、「どうしようかと思う歳まで生きていなかったのですよ」と。(笑)

五木　樋口一葉なんて、享年二十四でしょう。五十代まで生きる人がほとんどいなかったくらい、明治大正の作家は早く死んでいる。

佐藤　五木さんは、まだやめ時なんてお考えにならないでしょう?

五木　若い頃から考えていました(笑)。さっきの紅緑先生のお話で考えさせられたんです。ものを書く人間は、人の称賛を餌に生きている部分がありますからね。編集者の甘い言葉はビタミン剤みたいなものです。「豚もおだてりゃ木に登る」じゃないけど(笑)。一方で良薬は口に苦し、率直な批判の言葉も必要なんですけど、その兼ね合いが難しい。やはり、作家は一人では歩けないものなんです。読者や編集者からのエールが杖になる。書けなくなるのは、そういう声が聞こえなくなった時でしょうね。そうなると、人によっては自死を選んだりもする。甘ったれてるようだけど。まぁ、だいたい甘ったれた人間が作家になるんでね。(笑)

佐藤　かつて友人の川上宗薫さんが、「講談社の誰に褒められた」って喜んでいたから、「あなたね、編集者が褒めるのを真に受けたらダメよ」って言ったんですよ。そうしたら川上さん、編集者に「佐藤愛子からそう言われたから、オレには構わず本当のことを言ってくれ」と言ったんですって。(笑)

北杜夫さんの借金電話

五木　それは面白いなあ。佐藤さんは遠藤周作さんや北杜夫さんともお親しかったんですよね。

佐藤　北さんは昔、同人雑誌で一緒だったの。当時は東北大学の医学部の学生で、私に「有名なお父さんを持たれた気分はどうですか？」と聞くんです。それで「有名ったって、たかが少年小説で人気があるだけで」と言ったんですけどね。後で、彼が斎藤茂吉の息子だと聞いて、「えぇぇ！」。

五木　ご存じなかったんですか。

佐藤　北さんは面白いけど、人が悪いの。(笑)

五木　遠藤さんや北さんなど「第三の新人」といわれた方々は、いたずら心がありましたね。僕は北さんとは親しいわけではないけれど、ある時、手紙をいただきまして。なんだろうと思ったら、「大変申し訳ないけど、一億円貸してくれ」。（笑）

佐藤　一億円ですか！　私のところには、吉行淳之介さんから電話がかかってきて、「北杜夫が三時までに八百万円ないと大変なことになるので貸してくれ、と。佐藤さんはずいぶん貸しているって聞いたけど、どうしたらいい？」と言うの。だから「絶対に貸しちゃダメ。北さん、株を買っちゃうから」と言ったんです。

五木　北さんは躁うつ病（双極性障害）で、躁状態の時は気が大きくなってバンバン株を買っていらしたそうですね。

佐藤　ええ。その吉行さんからの電話を切って五分も経たないうちに北さんから電話があって、「吉行に頼んだけどダメだったから、愛ちゃん、貸せ」って言うんです。それで仕方なく八百万円、北さんに貸したの。

五木　えぇ！　貸されたんですか。

佐藤　一億円と言われたら、かえって断りやすいですよ。

五木　確かに断りやすい（笑）。佐藤さん、お金を貸して実害がなければよかったけれど。

佐藤　北さんの奥さんを信用していたから、お貸ししたんです。しっかりした方ですから。

五木　そのお金は返ってきました？

佐藤　はい。

五木　えらい！　北杜夫さんからちゃんと取り立てたとは。

佐藤　いや、北さんは踏み倒すことはしません。その点、別れたうちの亭主とは違うんです。（笑）

五木　『気がつけば、終着駅』の「クサンチッペ党宣言」ではご主人のことをお書きになってましたよね。六〇年代にあのような夫婦観を書かれたのは時代を先取りしていて痛快でした。その前に書かれた『ソクラテスの妻』は、芥川賞候補になりましたよね。そして、ご主人の借金騒動を描いた『戦いすんで日が暮れて』で、直木賞をお受けになった。あれが確か六九年。

佐藤　もう、ずいぶん昔のことです。

五木　こうやってお話ししていると、佐藤さんとは共通の知人がいっぱいいますね。最後に会ったのは野坂昭如さんの告別式でした。

佐藤　残念ながら、親しかった人で、今も生きている人はいませんねえ。

五木　皆さん、回想のなかには生きていらっしゃる。

佐藤　そういうことでしょうかね。

軍国日本の歴史と一緒に流されて

五木　実は佐藤さんにお会いしたらぜひ伺いたかったことがありましてね。僕はこの歳でも、「まだ生きたい」と思っている。何か面白いことはないかと、野次馬根性があるので。

佐藤　それはすごいですねぇ。

五木　たとえば、新型コロナのパンデミックはこの先どうなっていくのかとか、東京五輪はどうなるかとか。そういう俗な好奇心で、「これを見なきゃ」という感じがあって。

佐藤　五木さんがお若い証拠ですよ。私も昔は好奇心の塊でしたけど、九十七にもなるとね。もう世の中の価値観が私とは合わなくなったと感じます。

五木　いやいや、僕は佐藤さんがお書きになっているものに、すごく共感した言葉がありましてね。『気がつけば、終着駅』の「前書きのようなもの」でこの五十年を振り返って、「私も流されて来ている」、と。

佐藤　この五十年でずいぶんと日本人は変貌してきた、同時に佐藤愛子も変化している、と書いたくだりですね。

五木　僕は『日刊ゲンダイ』で創刊以来、四十五年間ずっとコラムを書いてましたて、その題名が「流されゆく日々」というんです。かつて石川達三さんが、「流れゆく日々」という連載をお書きになっていた。時代はどんどん流れていくけれど、オレは岩のように流されないぞ、と。僕は石川さんをすごく尊敬していたけれど、自分はゴミと一緒に海に流れていこうというつもりで「流されゆく日々」

にしたのです。

佐藤　そうでしたか。

五木　僕は他力主義なので、仕事がうまくいった時はみんな人さまのおかげだと思い、うまくいかなかった時は他力の風が吹かなかっただけだ、と（笑）。だから失敗しても気に病まずに生きていけるのです。佐藤さんの「時代の流れが面白い」という文章を読んで、こういうことを考えているのは自分だけではないんだと、すごく心強く思いました。

佐藤　私は五木さんのおっしゃる他力主義とは違うんです。どんなにがむしゃらに生きていたって、大きな時代の流れの中では流されざるをえない、ということなんですね。たとえば私が小学校に入った頃から満洲事変や日中戦争があって、女学校を出たらアメリカとの戦争が始まった。あの頃は、軍国日本の歴史と一緒に流されていきました。

五木　満洲事変は僕が生まれる前年です。生まれた年に五・一五事件があって、五歳の時に南京陥落の旗行列があった。子どもの時に歌っていた童謡が「僕は軍人大好きよ」でしたから。

佐藤　ああ、そんな歌もありましたね。戦争中のことで、思い出すと笑わずにいられないことがあるんです。藁人形を作ってルーズベルトとかチャーチルの名札をつけて、走っていって竹槍で「えいっ！」と突き刺していたでしょう。

五木　それが当時は、おかしくもなかったわけですから。

佐藤　私は、おかしかったですよ。なぜこんなこと一所懸命やるんだろう、と。どこかで客観的に見ている自分がいたのね。

五木　ふーん。年齢の違いかもしれませんね。僕のほうが九歳下なので。

佐藤　ははあ、五木さんは真面目な軍国少年だったわけですね。

五木　当時は批判精神なんてなかったですから。十四歳から少年兵に応募できることになっていたので、絶対に応募する気でいました。

佐藤　少年航空兵の少年たちは、自ら進んで行ったんでしょうね。

五木　そうだと思います。当時、少年たちの憧れの存在といえば、加藤隼《はやぶさ》戦闘隊長とかでしたから。海軍の予科練、少年飛行兵（陸軍飛行学校）などいろいろあって、中学二年になったらどこでも受けられる。一日も早く軍人になってお国のために、と考えてました。

佐藤　世の中のありようによって、そういうふうに人間が作られてしまう、ということでしょうね。

五木　それは一朝一夕にできることではないですね。明治以来の忠君愛国主義みたいなものが、ずっと積み重なってきてのことなんでしょう。

佐藤　防空演習は、毎日のようにやらされました。ご近所に林長二郎さんという方がいらしてね、長谷川一夫さんともおっしゃった当時の大スターですけど、この方の奥様が町内の防空演習のリーダーをやってらした。奥様、お元気な方で、朝の八時に「集まれ」と叫ぶんです。しょうがないからモンペはいて出ていくと、町内で戦争ごっこみたいな訓練をやらされるの。私は伝令の役で隣町まで駆けていって、「敵機は今、御前崎に侵入」とか言うんですけど、一人で走りながら内心おかしくてねぇ。みんな大真面目なのが。

五木　僕は子ども心に、隣組というのがイヤだったなぁ。地域のボスみたいな人が組長をやっていて、夜中に見回りにくるんですよ。電灯の明かりが外に漏れていると、すごい勢いで怒鳴りこんでくる。

佐藤　そういう時代でしたね。

五木　だから今回の新型コロナで、他人の行動に厳しく意見する「自粛警察」みたいな現象が出てくると、つい戦争中の隣組を思い出してしまうんです。反射的に「とんとんとんからりと隣組」なんて当時の歌の歌詞を思い出してしまったりして。

佐藤　五木さんとは感じ方はそれぞれだけど、同じ時代を生きてきたのですね。

七十年以上に及ぶ呪縛が解けた瞬間

五木　佐藤さん、最近体調のほうはいかがですか？　どこかご不自由なところはおありですか。

佐藤　耳が遠くなりましてね。補聴器をつけているんですが、これが高いんですよ。片方なくしたことがあって、ほんと、死に物狂いで探しました（笑）。それから目ね。五木さんは、目はなんともないですか？

五木　もちろん立派な老眼。（笑）

佐藤　私は目が乾くものだから、自然に涙が出てくるのね。それで目のまわりがジクジクするんです。

五木　それは僕も同じだな。困るのは、講演の最中に自然に涙が出ること。それがたまたま母親の話だったりすると、聴衆がもらい泣きしたりして。（笑）

佐藤　健康のことには、お詳しくていらっしゃいますよね。

五木　養生は道楽だから。趣味であれこれやっているだけです。

佐藤　野口整体ってご存じですか。

五木　はい、野口晴哉《はるちか》さんですね。

佐藤　深くお入りになりました？

五木　僕は養生に関する本を読むのが好きでしてね、野口さんの奥様がお書きになった本は本当に面白い。

佐藤　私は野口整体のおかげでこの歳まで生きてこられたと思うくらい。三十八歳頃から欠かさず通っているんです。野口先生の治療も二、三回。その後は一番弟子の方に診ていただいていたのですが、亡くなられてしまって。それで初めてお医者さんにかかるようになったんです。

五木　野口整体は民間療法のようでありながら、思想と科学と医学がちゃんと合致している。

佐藤　そうです。だから納得できるんです。私、前から五木さんのお書きになるのを読んで野口整体を勉強なさったのかな、と。

五木　「ゴホンといったら喜べ」「風邪と下痢は体の大掃除」とか、野口先生の名言がありますね。体がアンバランスになっているから風邪を引く。風邪をうまく引き終えると、それが戻るから、「ゴホンといったら喜べ」と。もし野口先生が今生きておられたら、新型コロナウイルスについて何をおっしゃったかと、ものすごく興味があります。

佐藤　野口先生は患者のために、命をかけて治療なさったそうですから。

五木　実は僕も一昨年、戦後初めて七十何年ぶりで病院に行きました。

佐藤　あら、ずっと健康でいらしたんですね。

五木　いや、肺気腫とか偏頭痛とか、いろいろありましたけど、どういうわけか病院に行く気にならない。死んだら死んだでかまわないという覚悟でいたんです。ですから健康診断も一度も受けていませんでした。

佐藤　私もあまりお医者にはかからないできました。健康診断もずっと受けていなかったですね。

五木　じつは一昨年、左足が痛くなり歩くのが不自由になって。（長年病院に行きたくなかったのが）自分でもなぜかわからなかったんですけど、ある時、ふっと思い出したことがある。僕は敗戦当時、父の仕事の関係で、家族で今の北朝鮮の平壌にいたのです。そこから引き揚げまでの間に、われわれ難民の間で発疹チフスのクラスターが発生して、母は敗戦後一ヵ月経った頃に亡くなりました。その時、薬一服、注射一本することもできず、見殺しにせざるをえなかったんですね。そのことを考えると、自分がおめおめ治療など受けられるのか。心の奥にそういうこだわり、罪の意識があるのではないかとある人に言われ、その瞬間、ふっと呪縛が解けた気がしました。

佐藤　それで七十年以上ですか。長かったですねえ。

五木　そのあと、久しぶりに母の夢を見ましてね。「ヒロちゃん、もういいよ」って声が聞こえた気がしたんです。それで一昨年、戦後初めて病院に行ってみたんです。でも医師からは、「経年劣化ですね。プールで体操でもなさったらいかがですか」と言われて終わりましたが。（笑）

佐藤　大事でなくてよかったです。

五木　この一件で、人間の行動にはそれなりの理由があるのかもしれないと、最近考えるようになりました。記憶の扉を開いて、きちっと回想すると、自分自身でもわからない、絡まった糸がほぐれていく。だから回想するというのは、単に昔の思い出に浸るというセンチメンタルなことではないんですね。生きていくうえで自分を振り返るというのは大事なことだと、今さらながらに思うようになりました。

佐藤　私の場合、振り返ると恥ずかしいことばかりですよ。（笑）

五木　それは、僕だってそうです。だから死ぬのはやっぱり怖い。過去の所業を考えると、まちがいなく地獄に行くわけだから。(笑)

佐藤　たいていの作家は普通の方より恥ずかしいことが多いんじゃないでしょうか。

五木　そう思います。人並みの業を背負っているくらいでは、小説なんか書いていられない。そこから抜け出すために、何か書いているということもありますしね。

逃げることは考えない

佐藤　私、最近になって思い出して、わかったことがあるんです。

五木　はい、なんでしょう?

佐藤　四十五年ほど前に、北海道の山の中腹を削って別荘を建てまして。後ろは山で前は牧場、馬がいるだけで人の姿なんかないわけです。そこに一人でいて、電話で編集者と話していたら、出刃包丁を下げた人が家に向かってくる。

五木　へえ。

佐藤　それで編集者に「今ね、出刃包丁を持った人が敷地に入ってきたから、これから戦わなきゃならない。三十分ほどして私から電話がかからなかったら、やられたと思って、一一〇番してちょうだい」と言ったら、「えぇっ！　先生、ふざけているんですか」と。かまわず電話を切って、何をしたかというと、家中の窓を全部閉めて鍵を下ろして、それから大きな鍋でお湯を沸かしたんです。

五木　鍋でお湯を？

佐藤　家の中に入ってきたら、お湯をぶっかけるつもりだったんですよ。（笑）

五木　いや、いや、すごい。

佐藤　お湯が沸きあがって窓から見たら、そやつ、家の後ろのほうに向かっている。今に裏窓をぶち割ってくるかと思って、鍋に手をかけて待っているんだけど、いっこうに来ない。それで風呂場の窓から外を見たんですよ。そうしたら、家の裏に北海道特有の大きな蕗がいっぱい生えていて、それを取りに来た近所のバアサンだった。

五木　蕗を切るために包丁を持っていたんだ。慌てて熱湯をかけなくてよかったですね。（笑）

佐藤　バカだなあと思うのは、私、逃げることを考えていないんですね。その時のことをつい最近、ひょいと思い出して気がついたんです。ああ、私は戦うことしか考えていないんだわって。

五木　佐藤さんは、戦う女なんですね、最初から。

佐藤　結局、戦うことが好きなんですね。昔から「変わっている」とよく人に言われましたが、自分では普通のつもりでいたんですよ。それが、この山荘の一件を思い出して、やっと気づいたんです、自分はおかしな人間だって。九十七になって初めてわかりました。

「気がつけば、乗客一人」に

五木　僕らは、と言っては失礼ですが、そろそろ「死」を意識する年齢です。昔、レコード会社にいた時代、会社が苦しい時にヒット曲が出て、みんなほっとしたことがありましてね。それが「終着駅は始発駅」という歌なんです。

佐藤　面白い題ですね。

五木　確かに電車の終着駅は、始発駅でもある。僕はいまだに、これは名文句だと思っています。佐藤さんがご著書の題名に「終着駅」という言葉を使われたけど、これでお役御免になるわけではない。浄土だか天国だか知りませんが、そこに向けてまた走りましょう、ということでしょうか。

佐藤　いやいや、私はもう走らなくていいですよ。十分に生きたという満足感みたいなものはありますから。もういっぺん生きたいとは思わない。ここにいて座っているのも、あの世で座っているのも大差ありません。

五木　そうですか。人によっては「これをやり遂げたかった」とか「あれができなかった」と後悔が多いかもしれないけれど、僕は「天の摂理でこうなったんだから、オレは知らないよ」という立場です。しかし八十八歳にして、まだ見えていないものがいろいろあるとは思いますけど。

佐藤　私はもう何をしたいとも、どうなればいいとも思わない。欲望ってものがもうないんですよ。自分に与えられた人生だけは、十分に生き抜いた。ただそう思うだけで、後悔もなければ、懐かしくもない。思い残すことは何もないけれど、死ぬ時に悲しいことがあるとしたら、親しい人間とお別れすることですね。それだけです。

五木 親しい人も少しずつ減って、なんだか最近は、「気がつけば、乗客一人」みたいな感じです。

佐藤 本当にそうですね。私みたいに九十七になると、友達もみんな逝っちゃいましたから。やっぱりそれは寂しいですね。

日々書いて生きている

五木 僕は今もいくつか連載をやっているんですが、佐藤さんもずっとお書きになっていますね。

佐藤 気ままな連載です。でも書いて書いて、やっと書けたと思っても、翌日になって読み返すと、気に入らない。それで捨てるんですよ。それでまたある程度書いて、「あぁ、これで明日、終わりに向かえばいい」と思って安心して寝るんです。でも翌日読むと、やっぱりダメな点が見つかる。原稿用紙七枚書くのに、百枚綴りの原稿用紙を一冊使ってしまいます。

五木　それはすごいなぁ。

佐藤　若い頃はサッと書けたものなのに。今はダメですねえ。

五木　いやいや、その客観的視線があればこそ、誰が読んでも面白いものをお書きになれるんです。作家の鑑《かがみ》です。僕なんか夕刊紙の連載は、毎日夜中の十二時半の締め切りギリギリに送るという軽業みたいなことをやっていましてね。日々見聞きしたことを受けて書きたいので、ストックを作っていないのですが、なんとか四十五年間、一回も休まずに続けてきました。

佐藤　拝見すると、あぁ、なるほど、すらすらお書きになっているんだな、というふうに思います。

五木　お恥ずかしい。本来作家は、何度も推敲しなくてはいけないんだろうけど。

佐藤　私の場合、納得のいく原稿がなかなか書けないのは、やはり心身の衰えでしょうね。

五木　でも佐藤さん、すごくシャキッとしていらっしゃる。さっきご著書の帯に入れる写真のために撮影されているところを拝見したら、若いモデルさんみたいにすっと立たれて、きりっとカメラ目線で。（笑）

佐藤　うちの娘は、私のことをマグロだって言うんですよ。マグロは死ぬまで泳ぎ続けて、泳げなくなった瞬間にパタッと死んじゃう。私がうまく書けないとぼやいても、「それでも書いていないといられないのは、マグロだからしょうがないよ」って言うの。頭に来ますよ。（笑）

五木　あはは。でも佐藤さん、ご自分で「私はマグロ」なんて言わないでくださいね。マグロとはセクシャルな意味で、不感症の女性のことを言うんですから。

佐藤　あら、そうなんですか？　それは知らなかったわ。

五木　やっぱり佐藤さんは、お嬢さんなんだな。こうやってお話ししていても品がいいし、下賤な言葉はご存じない（笑）。僕にとっては、生涯で出会ったチャーミングな女性ベストスリーの筆頭ですから。頑張って、せっかくだから百歳を軽やかに超えていただきたい。

佐藤　いやぁ、もう成り行きまかせが一番楽。

五木　まぁ、そうだね。「人生百年時代」に、佐藤さんみたいな先輩を見ていると、元気が出ます。こんなふうに生きていければ、人生悪くないな、と。

佐藤　九十五歳くらいになられた時の五木さんにお会いしたいですね。

五木　その前に佐藤さんが百歳になられたら、もう一回『婦人公論』で対談しませんか？　佐藤さんはきっと、百歳になってもカメラ目線でしゃきっと立っておられる。終着駅は始発駅ですからね。

（97歳・二〇二一年二月九日号／二月二十四日号）

いつき　ひろゆき……一九三二年福岡県生まれ。生後まもなく北朝鮮に渡り、四七年に引き揚げ。早稲田大学露文科中退後、業界紙記者、作詞家、ルポライターなどを経て、六六年『さらばモスクワ愚連隊』で小説現代新人賞、『蒼ざめた馬を見よ』で直木賞を受賞。最近の著書に、ベストセラー『孤独のすすめ』のほか、『回想のすすめ』『一期一会の人びと』など。

1963年	『婦人公論』にて「クサンチッペ党宣言」「再婚自由化時代」掲載。「ソクラテスの妻」「二人の女」が連続で芥川賞の候補となる。
1965年	「加納大尉夫人」が直木賞候補に。順調な作家生活のかたわら、夫が設立した会社の資金繰りに追われ、原稿料は負債返済に消える。
1967年	夫の会社が倒産。
1968年	夫からの提案で、債権者対策のため離婚。
1969年	夫の会社の倒産、離婚の顚末を書いた『戦いすんで日が暮れて』で直木賞受賞。
1972年	母・シナ死去。
1979年	『幸福の絵』で女流文学賞を受賞。
1991年	孫・桃子誕生。
2000年	『血脈』で菊池寛賞を受賞。
2015年	『晩鐘』で紫式部文学賞を受賞。
2016年	『九十歳。何がめでたい』がベストセラーに。
2017年	旭日小綬章を受章。
2019年	『気がつけば、終着駅』を刊行。
2023年	満100歳に。『思い出の屑籠』を刊行。

佐藤愛子100年の軌跡（編集部編）

1923年	作家の佐藤紅緑とシナ（元女優・三笠万里子）の次女として大阪府に生まれる。先妻との間に生まれた長兄・八郎は詩人のサトウハチロー。
1936年	甲南高等女学校（現・甲南女子高等学校）に入学。後に盟友となる作家の遠藤周作が同じ通学電車で灘中学に通っていた。
1941年	東京・雙葉学園英語科に入学するも、3ヵ月で中退し帰郷。同年、太平洋戦争勃発。この戦争で異母兄の弥が戦死、もう一人の異母兄・節も広島で被爆死。
1943年	陸軍航空本部の主計将校と見合い結婚。夫の任地・長野県で新婚生活を送る。
1944年	長男誕生。
1946年	軍隊での腸疾患治療が原因で、夫がモルヒネ中毒に。
1947年	長女誕生。
1949年	作家を目指す。父・紅緑が死去。それをきっかけにモルヒネ中毒の夫と別居。
1951年	別居中の夫と死別。
1956年	田畑麦彦と再婚。
1960年	娘・響子誕生。

『気がつけば、終着駅』　二〇一九年十二月　中央公論新社刊

本書は、『婦人公論』に掲載されたエッセイ、対談、インタビューから選んでまとめたものです。初出は各篇の末尾に記してあります。

構成　篠藤ゆり（「格闘する人生の中でこそ、人は美しく仕上がっていく」「この歳になって初めて、自分のことがわかった」）

中公文庫

気《き》がつけば、終着駅《しゅうちゃくえき》

2024年6月25日　初版発行

著　者　佐藤《さとう》　愛子《あいこ》

発行者　安部　順一

発行所　中央公論新社
〒100-8152　東京都千代田区大手町1-7-1
電話　販売 03-5299-1730　編集 03-5299-1890
URL https://www.chuko.co.jp/

DTP　ハンズ・ミケ
印　刷　大日本印刷
製　本　大日本印刷

Published by CHUOKORON-SHINSHA, INC.
Printed in Japan　ISBN978-4-12-207530-6 C1195

中公文庫既刊より

各書目の下段の数字はISBNコードです。978-4-12が省略してあります。

さ-18-7
男の背中、女のお尻 佐藤愛子 田辺聖子
女の浮気に男の嫉妬、人のかわいげなどを自在に語り合い、男の本質、女の本音を鋭く突いた抱腹絶倒の対談集。中山あい子、野坂昭如との鼎談も収録する。
206573-4

い-23-3
蓮如 ―われ深き淵より― 五木寛之
焦土と化した中世の大地に、慈悲と怒りを燃やし、人間の魂の復興をめざして彷徨う蓮如。その半生を躍動する人間群像と共に描く名著。〈解説〉瀬戸内寂聴
203108-1

え-10-7
鉄の首枷 小西行長伝 遠藤周作
苛酷な権力者太閤秀吉の下、世俗的野望と信仰に引き裂かれ、無謀な朝鮮への侵略戦争で密かな和平工作を重ねたキリシタン武将の生涯。〈解説〉末國善己
206284-9

え-10-8
新装版 切支丹の里 遠藤周作
基督教禁止時代に棄教した宣教師や切支丹の心情に強く惹かれた著者が、その足跡を真摯に取材し考察した紀行作品集。〈文庫新装版刊行によせて〉三浦朱門
206307-5

き-6-19
静謐 北杜夫自選短篇集 北杜夫
三島由紀夫賞賛の表題作ほか初期の純文学作品、SF、随筆など全一〇篇を収録。多才な作家のエッセンスが一望できる自選短篇集。〈巻末エッセイ〉今野敏
207093-6

き-6-20
人間とマンボウ 新版 北杜夫
三島、川端からトーマス・マン、斎藤茂吉まで。北文学の原点となる作家や人物との交流をユーモラスに綴る文学エッセイ。〈エッセイ〉三島由紀夫／佐藤愛子
207197-1

く-16-9
愛して生きて 宇野千代伝 工藤美代子
尾﨑士郎、梶井基次郎、東郷青児……。文豪、画家たちと恋した女流作家・宇野千代。艶やかなる官能の日々を辿る話題騒然のドキュメンタリー・ノベル！
206831-5